천국의
유령들

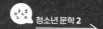
안녕 청소년 문학 2

천국의 유령들

LOS
FANTASMAS
DEL
PARAÍSO

알프레도 고메스 세르다 지음   김정하 옮김

풀빛미디어
Pulbit media

| **일러두기** |

1. 이 책 본문의 주는 편집자주입니다.
2. 인명, 작품명, 지명 등 외래어는 국립국어원 외래어표기법을 따랐습니다.
3. 본문에 나오는 국제고 '라이트너 르 브룅 학교'의 체제 표현 일부는 한국 고등학교를
   따랐습니다.

1부

LOS
FANTASMAS
DEL
PARAÍSO

1장

태양을 보지 못한 날이 연일 계속되었다. 구름과 눈 덮인 산 사이로 단 한 조각의 파란 하늘도 보이지 않았다. 며칠째 해를 못 봤는지 헤아리는 것조차 잊었던 그날 아침, 그는 창밖으로 펼쳐진 풍경 앞에 넋을 잃을 수 밖에 없었다. 작렬하는 태양과 푸른 하늘 아래 나고 자란 스페인 사람은 우울해지지 않으려면 머리 위로 태양을 느끼고 보고 거의 만질 수 있어야 한다. 그가 느끼는 엄청난 기쁨을 설명할 유일한 말이었다.

그동안 파블로는 레만호[1] 기슭에서 하늘이 끝없이 펼쳐진 먹구름으로 대체된 것이라고 생각했다. 먹구름은 어떤 때는 높게, 또 다른 때는 호수 표면에 닿을 듯 그렇게 보였다. 겨울 은 무척 길었다. 이미 4월이 된 지도 한참 지났다는 사실을 받

레만호[1]: 스위스와 프랑스 국경에 있는 호수, 중앙 유럽에서 두 번째로 넓음

아들이려면 달력을 보아야 했다.

맑고 파랗게 활짝 갠 하늘의 기적을 발견한 그는 그토록 기다리던 봄이 드디어 찾아왔다는 걸 깨달았다. 그토록 기다리던 봄이 마침내 그곳에 모습을 드러냈다. 예고도 없이 그 자리에 갑자기 찾아온 것이었다.

'스위스처럼 교양 있는 나라에서 어떻게 봄이 예고도 없이 오지?' 스스로 생각해도 웃기는 질문이었다.

아침 식사를 하면서 보니 스페인 친구뿐만 아니라 일조량이 적은 북유럽의 추운 나라 친구들도 비슷한 기쁨을 느끼는 듯했다. 모두 기분 좋게 웃으면서, 마치 태양이 위액에 활기를 불어 넣은 것처럼 더 큰 식욕으로 비스킷과 빵을 먹어 치웠다.

갑작스럽게 떠오른 태양이 모든 것을 바꾼 것 같았다. 교실에 들어서자마자 그 생각이 맞았음을 확인했다. 교실에는 레베크 선생님과 헤르 키텔 선생님이 있었다. 각각 문학과 역사 선생님이었고 인문학부 담당이었다. 선생님들은 오늘 수업이 학교의 철학에 따라 실용적이고 실험적인 현장학습이 될 것이라고 알려 주었다. 이미 버스가 대기하고 있는 정문으로 모든 학생은 지체없이 이동해야 했다.

연철로 만든 정문은 넓이만큼이나 높이도 엄청나게 높았다. 정문에서 난 길은, 유럽에서 손꼽히는 명문 학교 중 하나이자 동시에 최고 엘리트 학교 중 하나인 라이트너 르 브룅 학교 건물이 60년 동안 서 있는, 광활한 부지로 이어졌다. 정문과 학교 입구는 직선 길로 연결되었다. 학교 건물 옆에는 공터가 있었는데 때때로 주차장으로 쓰였다. 뒤편에는 스포츠 공간인 운동장이 있었다. 나머지 공간은 다양한 식물이 있는 정원이었다. 무성하게 숲이 우거진 곳도 있었다.

"어쨌든 대단해!" 베티나가 파블로를 보면서 소리쳤다.

"그 유명한 교육 철학을 실행하겠다고 태양이 나올 때까지 기다렸다니 이해가 안 돼." 파블로는 '유명한 교육 철학'이라는 단어에 힘을 주어 말했다.

베티나는 과장되게 어깨를 으쓱해 보이고는 아이들이 어수선하게 모인 교실 문 쪽으로 갔다. 모두들 한꺼번에 나가서 버스가 있는 곳으로 달려가고 싶은 눈치였다. 버스의 목적지가 어디인지는 아무도 몰랐다.

버스를 타러 가는 길에 파블로는 구름 한 점 없이 태양이 밝게 빛나는 하늘이 아직도 믿기지 않는 듯 계속 고개를 들어 올려다보았다. 파블로는 마지막으로 버스에 도착했다.

그가 버스에 오르자, 옆자리를 맡아 둔 베티나가 그에게 손을 흔들었다. 파블로는 숨을 내쉬며 미소를 지었다. 제네바 호수2) 위로, 눈 덮인 알프스산맥 위로, 그가 사는 마을과 도시 위

제네바 호수2): 레만호의 다른 이름

로 태양이 떠올랐다. 게다가 베티나와 함께 있었다. 한 친구는 파블로가 베티나에게 이성을 잃었다고 했었다. 이성을 잃었는지 아닌지는 알 수 없었지만 태어나서 처음으로 사랑에 빠졌다는 건 분명했다. 베티나도 자신에게 같은 감정을 느낀다는 것을 깨달았을 때 그는 정말 행복했다.

버스가 출발하자마자 레베크 선생님이 마이크를 켜고 이야기했다.

"쾰른으로." 선생님이 말했다. "우리는 그곳으로 갑니다. 누가 쾰른에 관해 이야기해 줄 수 있을까요?"

"제네바에서 무척 가까운 곳에 있어요." 한 학생이 대답했다.

"맞아요. 무척 가까이 있어요." 선생님이 고개를 끄덕이며 다소 수수께끼 같은 말투로 계속 이야기했다. "디오다티, 디오다티 마을. 누가 이 마을에 관해 말해 줄 수 있을까요?"

"디오다티 마을은 쾰른에 있을 거 같은데요." 베티나가 말했다.

"누가 더 이야기해 줄 수 있을까요?" 선생님이 학생들의 모르는 듯한 표정을 확인하고 계속 말을 이어갔다. "1816년에 유명한 영국의 시인 로드 바이런이 그 마을에 살았어요. 또 다른 위대한 시인 퍼시 셸리, 아내인 메리 셸리, 메리의 의붓동생인 클레어 클레어몬트와 바이런의 주치의인 폴리도리와 함께요. 집 밖으로 나갈 수 없었던 폭풍우가 몰아치던 어느 여름날 밤……."

"여기서 날씨가 나쁘다는 건 하나도 이상한 일이 아니야." 파블로가 혼잣말했다.

그 말을 들은 레베크 선생님이 이야기를 멈추고 그를 바라보았다.

"죄송합니다, 선생님. 선생님 말씀을 끊으려던 건 아니었어요."

"언제든 말을 끊어도 돼요." 선생님이 나무라듯 말했다. "단, 뭔가 흥미로운 일을 말하거나, 질문이 있거나, 개인적인 생각을 발표할 때만 그렇게 하세요."

파블로는 자신이 쓸데없는 말을 해서 선생님이 학교의 설립 이념을 늘어놓을까 봐 걱정되었다. 모든 선생님이 기회만 닿으면 민주적인 조직, 사회 정의, 자유, 존중, 관용, 정직, 생태와 같은 가치를 열광적으로 이야기했다. 이 학교에서 잊을 수 없는 경험을 하고, 개인적이고 사회적인 성장을 하고, 현실을 정확히 판단하는 힘을 키워 졸업한 뒤에 세상을 더 좋게 만드는 데 이바지해야 한다고 선생님들은 언제나 말했다.

학교를 설립할 때 라이트너-르 브룅 부부는 진보적인 교육 기준과 일반적인 교육 기준 사이에서 이쪽에서 조금씩, 저쪽에서 조금씩 절충해 교육 기준을 만들었다. 학교가 처음 문을 열었을 때만 해도 실현 불가능해 보이는 유토피아적인 프로젝트로 큰 기대를 끌지 못했다. 60년이 지난 지금 이 학교는 개방적이고 진보적인 유럽 상류층이 선망하는 명문 학교로 자리잡았다. 대기업 임원, 고위급 정치인, 저명한 교수, 유명 예술가의 자녀가 많이 입학했다.

"집 밖으로 나갈 수 없었던 폭풍우가 몰아치던 어느 여름날 밤에 로드 바이런은 친구들에게 일종의 게임을 제안했어요. 각자 공포 이야기를 쓰는 거였어요. 여러분에게 확실하게 이야기할 수 있는 것은 바로 폭풍우가 몰아치던 그날 밤이 문학사에서 중요한 이정표가 되었다는 점입니다. 왜냐하면 『드라큘라』와 메리 셸리의 『프랑켄슈타인』과 폴리도리의 『뱀파이어』가 그곳에서 태어났기 때문입니다."

"로드 바이런도 그날 밤 공포 이야기를 썼나요?" 학생 한 명이 질문했다.

"이야기를 하나 시작했지만 끝맺지는 못했어요. 하지만 스위스에 머무는 동안 중요한 작품들을 썼어요. 호수로 둘러싸인 디오다티 마을을 방문한 뒤 우리는 시옹성으로 갈 거예요. 어두침침한 지하 감옥이 있는 그 성에서 영감을 받아 시인은 『시옹성의 죄수』를 썼어요. 더 자세한 이야기는 헤르 키텔 선생님께서 말씀해 주실 거예요."

학교 설립자 중 한 명인 라이트너는 독일인이었다. 그의 아내인 르 브룅은 프랑스인이었다. 두 나라의 요소가 학교 운영에

꼼꼼하게 반영되었다. 특히 교사의 비율이 명확하게 유지되었는데, 독일 선생님 50%, 프랑스 선생님 50%, 여 교사 50%, 남교사 50%였다.

자신이 나설 차례임을 안 헤르 키텔 선생님이 마이크를 들고 말했다.

"이 나라 역사와 무척 연관이 많은 시옹성의 역사를 수업할 때 유명한 죄수였던 보니바르 이야기도 해 줄게요. 그 이야기는 시인 바이런이 재창조하고 또 과장하기도 했어요. 보니바르가 몇 년 동안 갇혀 지낸 지하 감옥에도 들어가 볼 수 있을 거예요."

시내의 교통 체증을 피하려고 고속도로를 타고 제네바 시내를 빠져나와 퀼른에 도착했다.

제네바 호수는, 웅장한 정원에 둘러싸인 오래된 별장, 거의 궁전처럼 보이는 수많은 거대한 집들 사이로 때때로 모습을 드러냈다. 다른 집들은 대개 크고 현대적인 건축물이었다. 버스는 다른 길보다 더 넓은 도로를 달려 버스를 위해 예약된 것처럼 보이는 공간에 정차했다. 나뭇잎들 사이로 호수가 보였고 멀리 제네바 시내와 145m에 달하는 물줄기를 뿜어 유명한 제네바 분수가 보였다.

버스 문이 열렸을 때 레베크 선생님의 휴대폰이 울렸다. 수업 시간과 학교 행사 중에 학생의 휴대폰 사용은 엄격하게 금지되었다. 선생님은 전화를 받았다. 조용히 듣던 선생님의 표정이

서서히 바뀌었다. 두어 번 곁눈질로 파블로를 흘끗 쳐다보기도 했다. 마치 무슨 지시를 받는 것처럼 고개를 끄덕였다.

통화를 끝내고 그녀는 키텔 선생님과 조용히 몇 마디를 주고받은 뒤 학생들을 향해 파블로를 제외하고 모두 버스에서 내려도 된다고 했다.

"왜 저는 남아야 하나요?" 파블로가 즉시 물었다.

"르 브룅 선생님께서 이리 오고 계셔. 몇 분 안에 도착하실 텐데 직접 설명해 주실 거야."

학교의 공동 이사장인 소피 르 브룅 교장 선생님은 설립자가 아니라 할머니의 프랑스 성을 쓰기로 한 손녀였다. 학교는 여전히 라이트너-르 브룅 가문 소유였기 때문에 언제나 가족 중 누군가가 이사회의 임원을 맡았다. 또 다른 공동 이사장은 할아버지의 독일 성을 이어받은 그녀의 동생 구스타프 라이트너였다. 이런 이유로 소피와 구스타프 남매는 학교에 더욱 애착을 느꼈다.

베티나가 파블로의 팔을 붙잡았다.

"무슨 일이야?" 근심스럽게 물었다.

"모르겠어."

"르 브룅 선생님이 직접 너를 찾아올 만큼 뭔가 중요한 일이 생긴 게 틀림없어."

베티나와 파블로를 제외하고는 이미 모두 버스에서 내렸다.

둘은 함께 문을 향해 갔다. 그 순간 레베크 선생님은 파블로가 자신의 말을 듣고 뭔가 심각한 사태라고 짐작하고 걱정할까 봐 우려했던 것 같다.

"집에 나쁜 일이 일어났다고 생각하지는 마. 그런 일 아니니까." 선생님이 파블로에게 분명하게 말했다.

"그러면 무슨 일인데요?"

"곧 르 브룅 선생님께서 도착하셔서 모두 설명해 주실 거야."

"저도 같이 있어도 돼요?" 베티나가 물었다.

"안 돼. 친구들과 함께 가렴." 선생님이 단호하게 대답했다. "르 브룅 선생님께서 오실 때까지 내가 파블로와 함께 있을게."

베티나는 파블로의 눈을 바라보며 짧은 순간 그에게 많은 것을 전하려고 노력했다. 우선 힘을 내라고, 무슨 일이 일어나든 틀림없이 옆에 있겠다고. 그리고 나서 그녀는 다른 친구들을 향해 발걸음을 옮겼다.

버스 문 앞, 레베크 선생님 옆에서 파블로는 조용히 있었다. 50m쯤 떨어진 디오다티 저택의 대문 앞에 멈춰 선 친구들을 바라보았다. 선생님의 설명을 듣고 나서 친구들은 저택을 둘러보기 시작했고 곧 눈앞에서 사라졌다. 처음에는 별일 아닐 거라고 생각했지만 점점 초조해졌다. 이 이상한 상황이 왜 일어났을까 생각했다.

레베크 선생님은 집에 나쁜 일이 생긴 건 아니라고 확실하게 말했다. 그렇다면 학교에서 뭔가 잘못해서 야단맞을 일이 생겼나 생각했다. 그러나 그럴 만한 일은 전혀 없었다. 그는 모범생이었고 학교가 마음에 들었다. 물론 가끔 학교의 철학을 비웃기는 했지만 마음속으로는 이 학교 학생인 것이 좋았다. 심지어 이 학교에 다니는 것이 특권이라는 생각까지 했다. 아버지가 내줄 수 있는 학비 때문이 아니라 그가 이곳에서 받는 모든 것, 즉 그의 삶에 대한 완전한 지지와 더 나은 세상을 위해 그에게 거는 기대 때문이었다. 세월이 흐르면 이곳에서 보낸 시간이 자신의 인생에서 중요한 경험 중 하나로 자리매김할 것이라고 확신했다.

르 브룅 선생님이 자신을 만나려는 이유가 베티나 때문일까 생각했다. 둘이 서로 좋아하고, 사귀고, 연인 사이라는 사실은 모두 알고 있었다. 하지만 그들이 학교에서 유일한 커플은 아니었다. 이 학교는 처음부터 남녀 공학이었고 학생 사이의 교제를 막는 일은 전혀 없었다. 남학생 숙소와 여학생 숙소는 분리되었고, 기숙사 내에서는 엄격한 행동 규칙을 요구했다. 그러나 자유는 이 학교의 이념에 확실하게 새겨진 가치 중 하나였다.

집안일도 아니고 학교에서 문제를 일으킨 것도 아니라면 도대체 왜 교장 선생님이 현장학습을 방해하면서까지 개인적으로 그를 찾아오는 것인가?

레베크 선생님은 파일을 열고 바쁜 척하면서 서류를 넘겼다. 파블로는 레베크 선생님에게서는 뭔가를 알아낼 수 없을 거라는 것을 알았다. 더는 아무 질문도 하지 않기로 했다.

10분이 채 지나지 않아 교장 선생님의 자동차가 나타났고 버스 옆에 이중으로 주차했다. 르 브룅 선생님은 재빨리 자동차에서 내려서 레베크 선생님에게 이제 가도 좋다는 신호를 보냈다. 그리고 파블로에게 다가왔다.

"자, 나와 함께 가자."

"어디로 가나요?" 파블로가 조심스럽게 물었다.

"학교로 돌아가자."

교장 선생님과 동시에 자동차에 올라 안전띠를 매고 앉았다. 머릿속에 수많은 질문이 맴돌았다. 그렇지만 입을 다물고 가만히 있기로 했다. 르 브룅 선생님도 침묵을 지키며 도로에 시선을 고정했지만, 가끔 곁눈질로 파블로를 살펴보았다. 파블로도 눈치챘지만 마치 동상처럼 꼼짝하지 않고 그대로 정면만 응시했다.

제네바를 돌아 멋진 경치가 펼쳐지는 고속도로로 들어섰다. 한쪽으로는 햇살을 가득 받은 집이 드문드문 있는 광활한 초원이, 또 다른 쪽으로는 그 어느 때보다도 파란빛을 띤 잔잔한 제네바 호수가 보였다. 그때 르 브룅 선생님이 그를 보지 않고 말했다.

"아무 이야기도 못 들은 것 같은데."

파블로는 그 말을 듣고 더 혼란스러웠다. 아무 이야기도 못 들었을 뿐만 아니라 아무것도 이해할 수 없었다. 그래서 침묵을 깨고 알아보려고 했다.

"무슨 일이 일어난 건지 설명을 해 주셨으면 좋겠어요."

"걱정하는 거 이해한다." 교장 선생님이 세차게 고개를 끄덕이면서 말했다. "하지만 학교에 가서 이야기하는 편이 낫겠다."

다행히 이미 학교에 거의 다 왔다.

정문을 지나 운동장을 가로질러 교장 선생님은 건물 입구 바로 앞에 자동차를 세웠다. 두 사람은 동시에 자동차에서 내려서 계단으로 올라갔다. 교장 선생님은 최대한 빨리 이 문제를 끝내고 싶다는 듯 빠르게 걸음을 옮겼다. 교장실 문을 열고 파블로에게 들어오라고 했다. 그곳에는 교감 선생님인 헤르 라이트너 선생님도 있었다.

사무용 책상 대신 그들은 커다란 타원형 회의 책상에 둘러앉았다.

파블로의 긴장감은 당혹감과 같은 속도로 커지고 있었다. 학교의 신성한 수업을 방해하면서까지 자신을 이곳에 데려온 이유가 무엇인지, 왜 두 명의 학교장이 자신을 만나려 하는지 알고 싶었다.

교감 선생님이 갑작스럽게 불편한 상황을 만들어서 미안하다고 했다. 그러나 그는 그들이 최선의 의도로 그렇게 한 것이며, 무슨 일이 일어났는지 가장 먼저 알려주고 싶어서 그런 것이라며 안심시켰다.

파블로는 무슨 일이 일어났는지 제발 이야기해 달라고 간청하려던 찰라에 교장 선생님이 먼저 말을 꺼냈다.

"오늘 아침에 학교 버스가 출발하자마자 네 어머님 전화를 받았다. 너와 급히 통화하고 싶어 하셨어. 네가 없었기 때문에 우리에게 네 아버지가 오늘 새벽 마드리드에서 체포되었다는 소식을 전해 주셨단다. 판사가 영장을 발부해서 경찰이 집으로 들이닥쳤다고 하시더구나. 누군가가 정보를 흘려서 체포 장면이 생중계되었다고 하셨어. 그 영상이 지금 온 세상에 돌아다닐 거다. 너희 나라에서 이 사건이 얼마나 큰 파장을 일으켰는지 상상이 가겠지."

르 브룅 교장 선생님은 이야기할 때 항상 그랬다. 말을 돌리거나 불필요한 설명을 하지 않고 있는 그대로 말했다. 그것이 최선의 방식이라고 확신했다.

헤르 라이트너 교감 선생님이 연달아 말했다.

"우선 어머님과 통화하는 것이 좋겠구나. 개인 전화를 써도 좋고 학교 전화를 이용해도 좋아. 어머님이 네 전화를 기다리셔. 어머님께서 다시 말씀하시겠지만 취리히에 있는 형과 연락하라고 하셨어."

파블로는 숨을 들이마시고 다시 아주 천천히 내쉬었다. 마침내 무슨 일이 일어났는지 알게 되었다. 이제 왜 그렇게 갑작스럽게 학교로 돌아와야 했는지 알았다. 아버지는 놀라운 경력을 지닌 기업가이며 동시에 저명한 정치인이었다. 한참 전부터 모든 언론이 아버지를 지목한다는 것을 모르지 않았다. 그렇지만 막상 아버지가 구속됐다는 소식을 들으니 온몸이 굳어 버렸다. 뿌옇던 모든 일이 갑자기 현실이 되었다. 현실이 폭주하는 기관차처럼 달려들었기 때문에 더는 어떤 추측으로도 숨을 수 없었다. 잠시 눈을 감았다. 두려웠다. 무척 두려웠다. 이제껏 알지 못했던 낯선 두려움을 느끼는 자신을 발견했다. 그는 자신과 지금 상황, 당면한 미래를 생각하려고 했지만 더 강한 또 다른 생각이 몰려왔다. 통제되지 못한 두려움은 끝없이 퍼져나갔다. 가족을 생각했다. 자신이 사로잡힌 두려움을 가족들도 똑같이 느꼈을까? 어머니는 어땠을까? 형은? 삼촌들과 사촌들은? 순간 베티나와 친구들, 학교 학생들이 생각났다. 그들은 이 일을 어떻게 생각할까? 그들에게 뭔가 설명해야 할 것이다. 하지만 그들에게 뭘 설명한단 말인가? 그전에 자신에게 설명해야 했다.

눈을 떴다. 두 선생님이 앞에 있었다.

"가족들이 어떤 결정을 내릴 때까지 너는 라이트너 르 브룅 학교에 계속 남아 있을 수 있단다." 교장 선생님이 입을 열었다.

"학교의 절대적인 보호를 받게 될 거야. 우리에게 '보호'라는 말은 뜻깊고 높은 가치가 있어. 이제 가서 어머님께 전화드려라."

세 사람은 동시에 일어났다. 파블로는 일어서다 약간 비틀거렸다. 마치 자신이 살아온 세상이 예고 없이 무너지는 것 같은 낯설고 기묘한 느낌을 받았다. 그 충격으로 자신이 현실의 단면과 합쳐지는 듯한 착각이 들었다. 모든 것이 수천 조각으로 깨졌고, 동시에 거대한 퍼즐의 조각들처럼 완전히 뒤섞여 버렸다.

휴대폰이 있는 자신의 방을 향해 걸었다. 온몸이 조여 오는 것 같았다. 알 수 없는 힘이 그의 온몸을 휘감고 그를 점점 더 작게 만들어 아무 의미 없는 존재로 만들어 버릴 것만 같았다. 그때 베티나 생각이 났다. 베티나 생각만 났다. 베티나의 긴 금발, 맑은 눈, 아름다운 몸 생각이 났다. 호숫가에 있을 베티나 생각을 했다. 아마도 시옹성 옆에서 헤르 키텔 선생님의 설명을 듣는 것 같지만 사실은 자신을 생각할 것이라고 상상했다. 왜 수갑이 채워진 채 경찰서 유치장에 갇혀 있을 아버지가 아니라 베티나 생각이 나는걸까.

방에 들어와서 휴대폰을 들었다. 그러나 전화를 거는 대신 인터넷을 검색했다. 자판에서 아버지 이름을 치니 곧바로 폭포처럼 뉴스가 쏟아져 나왔다. 얼핏 보기에는 다른 뉴스들 같지만 실상은 똑같았다. 유명한 기업인이자 정치인이 절도, 문서위조, 매수, 횡령, 그리고 수많은 다른 범죄 혐의로 체포되었다는 소식이었다. 영상을 보았다. 집과 거리의 모습이 보였다. 아버지는 수많은 카메라에 둘러싸인 채 경찰차에 태워졌다. 저택의 경비인 산티아고가 인터뷰하는 모습이 나왔다. 그 광경을 바라보는 이웃 여인의 모습도 보였다. 교장 선생님 말씀이 맞았다. 아버지가 체포되었다는 소식은 대단한 스캔들이었다. 커다란 슬픔이 몰려왔다. 그리고 다시 두려움이 몰려왔다. 아직 명확하게 이해할 수 없는 무언가에 대한 두려움이다.

인터넷에서 나와 어머니의 전화번호를 찾았다.

2장

금요일 새벽은 흐린 날씨였고, 아침 내내 이슬비가 내렸다. 레베크 선생님과 헤르 키텔 선생님이 학교 근처 유적지에서 현장수업을 했던 어제의 화창한 날씨는 신기루처럼 느껴졌다. 거의 2년이나 이곳에서 지내며 혹독한 겨울을 견뎌 냈음에도 파블로는 처음으로 회색빛 낮은 하늘에 숨이 막혀 왔다. 감옥의 천장처럼 느껴졌다. 어린 시절부터 언제나 그와 함께 있었던 푸르고 찬란한 진짜 하늘을 가로막는 천장처럼 느껴졌다.

겉보기에 아무것도 변하지 않았다. 학교생활은 평소처럼 흘러갔다. 물론 친구들 사이에 아버지의 체포에 관한 이야기가 돈다는 사실을 모르지 않았다. 체포된 아버지는 경찰서에서 몇 시간 만에 중범죄 혐의로 보석금 없이 감옥에 수감되었다. 파블로는 경비팀과 마찬가지로 선생님들도 그 일로 인터뷰하는 상상을 했다. 학교의 명성을 위해 그를 쫓아낼 것이 두렵지는 않았다. 그런 일은 전례가 없었기 때문이다. 이 학교의 이념상 양육자의 잘못을 학생에게 지울 수 없었고, 무엇보다도 학생에게 도움이 절실한 순간에는 더욱 그랬다. 하지만 라이트너 르 브룅 학교에 등록금을 내기만 하면 아무도 쫓아내지 않는다는 나쁜 소문 또한 떠돌았다.

파블로는 매일 어머니와 통화했다. 그는 사랑하는 가족과 모든 두려움과 불확실함을 함께 나누고 싶다고 말로 표현하지는 않았지만, 어머니가 있는 마드리드로 돌아가고 싶다고 제안했다. 하지만 어머니는 고집스럽게 반대했다. 이런 상황일수록 멀리 떨어져 있는 것이 최선이라고 그를 설득했다. 항상 같은 말을 되풀이했다.

"너는 여기에서 멀리 떨어진 스위스 학교에 있어. 나는 괜찮아. 다른 가족들이 많이 도와줘. 틀림없이 네 아빠는 감옥에서 곧 나오시게 될 거야. 최고의 변호사들이 있잖아. 네 형과 너는 아무 일도 없다는 듯이 스위스에서 공부해야 해."

"하지만 무슨 일이 일어난 거 맞잖아요, 엄마. 그것도 아주 심각한 일이요. 주말에라도 한번 다녀오면 좋겠어요."

"아니야! 네가 이 일에 끼어들지 않았으면 좋겠다. 너는 멀리 있어야 해. 나는 네가 내 옆에 있는 것처럼 느낀단다."

"저도 그래요, 엄마. 항상."

"이번 주말에 취리히로 가서 이반 형을 만나렴. 너희는 지금

24

그 어느 때보다도 더 함께 있어야 해."

어머니의 말씀대로 주말을 취리히에서 보내기로 했다. 그런 상황에서 두 형제가 함께 있다는 것은 무척 합리적인 것처럼 보였다. 게다가 형과 함께 주말을 보내는 것이 처음은 아니었다. 여러 차례 금요일 오후에 기차를 타고 갔다가 일요일 막차로 돌아왔다. 파블로가 가는 편이 훨씬 나았다. 왜냐하면 이반은 스물두 살 대학생으로 혼자 아파트에 살아서 둘이 함께 지낼 공간이 충분했기 때문이다.

주말에 학교에서 그를 찾지 않도록 교무실에 이 사실을 알렸다. 파블로와 베티나는 식사를 마치자마자 학교 근처 버스 정류장에서 제네바행 버스를 탔다.

버스를 타고 처음에는 조용히 있었다. 어머니의 말을 떠올리면서 파블로는 이 상황에서 주말을 형과 보내는 것이 가장 합리적이라고 생각했다. 그러나 마음속 깊은 곳에서는 한순간도 베티나와 떨어지지 않고 함께 있고 싶었다. 왜 그런지는 몰랐지만, 그 소식을 듣고 난 뒤 불안했던 마음이 베티나가 옆에 있으면 진정되었다. 옆에 있는 그녀를 느끼고, 그녀를 바라보고, 그녀의 손을 꼭 잡는 것만으로도 충분했다. 베티나는 그에게 믿음을 주었다. 무엇보다 긴박하고 극적이고 슬픈 현실 너머에 다른 무언가가 있다는 믿음을 주었다.

"너를 도와주고 싶어. 하지만 방법을 모르겠어." 그녀가 갑자기 말했다.

"이미 나를 도와줬어."

"내가 뭘?"

"내 옆에 있잖아. 그게 아무것도 아닌 것 같아?"

베티나는 파블로에게 더 가까이 다가와서 어깨에 머리를 기대었다. 그는 손을 들어 베티나의 금발을 쓰다듬었다. 그런 단순한 몸짓이 두 사람을 행복으로 가득 채웠다. 친구들 말이 맞았다. 그는 베티나에게 반했고 사랑에 빠졌다는 사실이 기뻤다. 이토록 경이로운 느낌이 존재하리라고는 상상하지 못했다. 그녀가 살짝 고개를 돌리는 것을 느꼈고 입술이 맞닿을 때까지 그도 똑같이했다.

"주말 내내 네가 보고 싶을 거야." 그녀가 말했다.

그 순간 취리히로 가는 대신 베티나 옆에 머물고 싶은 생각이 간절했다. 베티나와 멀어지면 그의 삶이 다시 초조해지고 무서워질 것 같았다. 한편으로는 아버지가 투옥되었고, 다른 한편으로는 베티나와 사랑에 빠졌다. 너무나도 상반된 두 사건이 왜 하필 동시에 일어났는지.

베티나와 함께 머물 수 없다는 것을 잘 알아서 그럴 계획조차 세우지 않았다. 베티나도 형과 함께 있어야만 이번 일을 더 잘 대처할 거라고 생각했다.

취리히행 기차를 탈 코르나빈역 근처에서 버스는 그들을 내려 주었다. 베티나는 파블로가 배낭 메는 것을 도와주었다. 두 사람은 손을 잡고 인도를 덮을 만큼 넓은 철재 차양으로 장식된 역의 정문으로 향했다. 정문 한가운데 둥글고 하얀 커다란 시계가 눈에 띄었다. 기차가 출발하려면 30분 정도 더 있어야 했다. 파블로는 이미 표가 있어서 그 시간 내내 함께 있을 수 있었다.

전광판에 승차 표시를 발견하고 플랫폼으로 향했다. 둘은 벤치에 앉았다. 그는 그녀의 어깨에 팔을 둘렀고, 그녀는 그의 가슴에 파고들었다. 그는 아름다운 금발을 쓰다듬었고, 그녀는 입맞춤하려고 다시 고개를 돌렸다.

키스를 끝내고 베티나는 그를 바라보았다. 머릿속을 맴돌던 생각이 불현듯 떠올랐다. 그래서 물었다.

"네 아버지가 죄가 없다고 생각해? 아니면 있다고 생각해?"

파블로는 그 질문에 놀라 순간 당황했다. 아버지가 무죄이며 엄마가 말한 대로 곧 감옥에서 나올 거고 확신할 수 없어서 곧바로 대답하지 못했다.

"왜 나한테 그걸 물어?" 그는 궁금했다.

"모르겠어." 그녀는 머뭇거렸다. "카민스키 생각이 났어."

"카민스키가 무슨 상관이 있는데?"

"걔 아버지가 여러 가지 범죄로 감옥에 들어가고 나서 2월에 학교를 떠났잖아. 폴란드의 주요 마피아 중 하나였어."

27

"나도 기억나." 파블로가 말했다. 그런 비교가 기분 좋지는 않았다.

"나는 카민스키가 마음에 들었어." 베티나가 계속 말했다. "내가 카민스키 아버지에 관해 물어보면 대놓고 그런 사람이라고, 부도덕한 마피아라고 대답했어. 그렇지만 카민스키는 아버지를 무척 사랑했어. 카민스키 소식을 알고 싶은데 폴란드로 돌아간 이후로 연락이 끊겼어."

"우리 아버지는 곧 감옥에서 나오게 될 거야. 두고 봐. 모든 것이 밝혀질 거야." 파블로는 베티나가 기대한 대답이길 바랐다.

베티나는 생각에 잠겼다. 베티나는 원래 그런 성격이었다. 생각이 너무 깊었다. 생각에 생각이 꼬리를 물고 계속 이어졌다. 결론을 낼 때까지 멈추지 않았다. 아니면 머릿속에 떠오른 걱정거리들이 너무 혼란스러워서 어떻게 해도 해결할 수 없다는 결론에 다다를 때까지 벗어나지 못했다.

"만일 내게 비슷한 일이 일어난다면 나는 무엇보다도 진실을 알고 싶을 것 같아. 그리고 정의를 찾아 행동하고 싶을 것 같아." 작은 소리로 말했다.

"진실, 정의, 자유." 파블로가 빈정거렸다. "우리 학교 이념을 암송하는 것 같아."

"분명히 말하는데, 그 단어들이 우리 학교의 이념이라는 사실은 좋지만 그런 생각은 안 했어."

"나도 우리 학교 이념 좋아." 파블로가 힘을 주어 말했다.

"엄마 아빠는 정확하게 우리 학교의 그런 면 때문에 나를 여기로 보냈다고 했어. 처음에는 이해가 되지 않았어. 독일에 사는데 왜 이렇게까지 멀리 떨어진 곳에서, 그것도 너무 비싼 학교에서 공부해야 하는지 말이야. 하지만 시간이 흐르면서 이해하게 된 것 같아."

"나도 스페인에 사는데 여기로 공부하러 왔잖아."

"사실 우리 학교에 스위스 아이들은 별로 없어. 모두 다른 나라에서 왔지. 그 점도 마음에 들어."

"네 부모님과 우리 부모님이 우리를 라이트너 르 브룅으로 보내신 건 현명한 결정이었어. 덕분에 우리가 만났잖아."

웃으면서 팔로 그녀를 감싸는 파블로에게 베티나는 더 가까이 안겼다.

"주말 내내 네가 너무 보고 싶을 거야."

기차가 출발할 시각인 오후 4시까지 딱 5분이 남았다. 끊임없이 사람이 오갔다. 파블로와 베티나는 의자에서 일어나서 다시 한번 키스했다. 파블로는 깊은 한숨을 내쉬었고 베티나는 웃으면서 둘째손가락으로 그의 입술을 지그시 눌렀다.

그는 기차에 올랐지만 기차가 움직이기 시작할 때까지 문 옆에 머물렀다. 베티나가 시야에서 사라질 때까지 그녀에게서 눈을 떼지 않았다. 그제야 배낭을 선반에 올리고 자리를 찾아

앉았다.

파블로는 유리창에 머리를 기댄 채 울창한 풍경을 바라보았다. 아름다운 풍경에 햇빛이 더해진다면 더할 나위 없을 텐데. 멀리 드넓은 평원에서 평화롭게 풀을 먹는 소들이 보였고, 그는 그 순간 태양이 나온다면 소들이 기뻐 춤을 출 것이라고 상상했다. 어쩌면 아닐 수도 있다. 저 소들은 이미 잿빛 하늘과 습도에 익숙해져 있을지도 모르겠다. 하지만 파블로는 찬란한 태양이 절실하게 필요했다. 활짝 갠 끝없이 푸른 하늘을 보고 싶었다. 지난 이틀 동안 그의 삶은 끝없는 고뇌의 연속이었다. 그를 둘러싼 억압된 분위기에 조금이라도 숨통이 트일 수 있게 해 달라고 태양에게 외쳤다.

휴대폰이 울렸다. 베티나가 전화했나 생각했다. 급히 가방에서 휴대폰을 꺼냈다. 형이었다.

"형, 안녕."

"몇 시에 취리히에 도착하지?"

"7시 15분 전에."

"기다릴게."

"알았어."

"피자 사서 집에 가서 저녁 먹자. 괜찮지?"

"응."

"할 이야기가 너무 많아."

"그래."

형이 아버지 이야기를 꺼내지 않아서 파블로는 다시 한번 놀랐다. 마드리드에서 아버지가 체포된 뒤로 형과 여러 차례 통화했지만 일상적인 이야기만 나누었다. 어쩌면 형은 전화로 이야기하는 것을 피하고 싶었는지 모르겠다. 마지막 말을 듣고 나니 그런 생각이 들었다. 그랬다. 그들은 많은 대화를 나눈 적이 없었지만 의심의 여지가 없었다. 형 이반과는 다섯 살 차이가 났다. 이것이 서로 간에 장벽처럼 느껴졌다. 분명히 둘의 삶은 나이 차이가 주는 거리감이 있었다. 파블로는 아직도 형이 자신을 코흘리개로 여긴다고 생각했다. 몇 년이 더 지난 뒤에 두 형제가 할머니가 즐겨 말씀하는 '완벽한 남자'가 되고 나면 그때 둘 사이의 거리는 없어질 것이다. 적어도 지금과 같은 거리감은 줄어들 것이다.

다시 차창 유리에 머리를 기댔다. 파블로는 언제나 스위스의 풍경이 예쁜 그림엽서나 그림에서처럼 비현실적이라고 느꼈다. 다른 사람이 보고 감상하도록 미리 계획을 세워서 만들어 놓은 듯 완벽한 풍경이었다. 산과 숲, 초원, 방금 목욕한 것처럼 보이는 깨끗한 소들, 드문드문 보이는 뾰족한 지붕의 집, 교회의 종탑이 보이는 마을들, 유유히 흐르는 강을 가로지르는 다리들…….

기차를 타기 직전에 베티나가 했던 질문이 떠올랐다. '네 아버지가 죄가 없다고 생각해? 아니면 있다고 생각해?' 모르겠다. 베티나에게 같은 일이 일어난다면 베티나는 즉시 같은 질문을 자기 자신에게 했을 것이고, 그뿐만 아니라 답을 얻어내려고 노력했을 거다. 그녀는 그랬다. 명확하고 성실하고 단호하며 자신이 싫어하는 것을 발견하는 것에 대한 두려움이 없었다. 파블로가 감탄했던 것 중 하나가 베티나의 그런 점이었다. 왜냐하면 파블로는 불안과 겁이 많았기 때문이다. 때때로 불쾌한 답을 발견할까 봐 두려워서 차라리 자신에게 질문하지 않는 쪽을 택했다.

'무죄일까? 아니면 유죄일까?' 그는 자신에게 물었다. 그는 대답하지 않으려고 다시 풍경에 집중했다. 그 질문은 그에게는 너무나도 버거웠다.

사실 아버지를 잘 몰랐다. 하지만 거의 모든 친구가 자신의 부모를 그렇게 느끼고 있었다. 과거를 회상하고 기억을 정리하려고 애썼다. 기억 중 많은 부분은 아버지와 함께 했던 기억이 아니었다. TV 프로그램이나 인터뷰, 토론 등에 출연한 아버지 생각이 났다. 언제나 흠잡을 데 없이 말쑥한 차림이었다. 한번은 스페인에서 가장 우아한 열 명의 남자들 리스트에 올랐던 적도 있다. 어렸을 때 아버지가 국회의원이던 시절을 기억했다. 반원형인 의회 회의장에서 열렸던 의회 토론에서 눈을 떼지 못하고 아버지를 찾았다.

오랫동안 아버지는 그에게 대단한 영웅이었다. 가족과 함께 집에서 지내는 시간이 많지 않았지만 그건 막중한 임무를 수행해야 했기 때문이었다. 아버지의 사업과 회사일, 의회와 정당 등등……. 청바지를 입은 아버지 모습도 생각났다. 형과 함께 셋이 축구를 하고 바닷가에서 모래성을 쌓던, 일요일 오후 집 안 영화관에서 팝콘 한 통을 들고 소파에서 잠자던, 손에 TV 리모컨을 든 채로 잠자던 아버지 모습이 생각났다. 그러나 조금씩 조금씩 아버지의 영웅적 모습에 균열이 갔다. 아버지와 어머니의 심한 말다툼은 그의 기억에 매우 생생하게 남아 있었다. 상대에게 뭐라고 소리쳤는지 거의 이해하지 못했지만 무엇보다도 왜 상대에게 소리를 지르는지 이해하지 못했다.

2년 전부터 아버지가 신문과 라디오, TV 뉴스에 오르내리면서 파블로의 혼란은 더욱 커졌다. 이제는 아무도 아버지를 뛰어난 사업가이자 정치인이라 여기지 않았고, 그가 어떻게 백화점을 설립했는지 공개적으로 문제 삼았다. 바로 그때 그는 두 아들을 유학 보내기로 결정했다. 이반은 대학에서 분자생물학을 공부하고 있었기 때문에 이 분야에 엄청난 명성을 누리고 연구 환경도 좋은 취리히 대학교에 입학시키기로 했다. 파블로를 위해서는 라이트너 르 브룅 학교를 찾았다.

아버지는 식사가 끝나갈 무렵 이 결심을 알렸다. 네 식구가 함께 식사하는 일은 거의 드물었다. 파블로는 그때 아버지가 했

던 말을 기억했다. '내가 스위스에 자주 가니까 너희들을 만날 수 있을 거다.'

아버지는 최근 2년 동안 여러 차례 스위스를 방문했다. 그러나 언제나 취리히에 있다가 이반 형만 만났다. 스위스에 와서도 파블로에게 전화하는 일은 없었다. 기껏해야 형을 통해 안부를 전해 오는 것이 다였다.

'무죄일까? 유죄일까?' 다시 생각했다. 카민스키처럼 분명한 답을 알면 좋을 텐데. 언제나 생각해 왔던 것처럼 아버지가 무죄라면 어떻게 해야 할지 분명히 알았다. 머릿속에 또 다른 가능성이 떠올랐다. 그런데…… 만일 유죄라면?

그러자 감옥에 갇힌 아버지의 모습이 떠올랐다. 아버지가 갇힌 마드리드의 감옥이 아니라 시옹성의 음침한 감옥 생각이 났다. 언뜻 제네바 호수에 떠 있는 것처럼 보이는, 이틀 전 친구들과 가 보지 못했던 그 감옥 말이다. 축 처져서 슬퍼하는 아버지의 모습을 상상했다. 갑자기 슬픔이 몰려왔다. 너무나도 고통스러웠고 무척이나 슬펐다. 울음이 터질 것 같아서 자리에서 일어나 화장실로 가 세수했다.

취리히 중앙역에서 이반이 파블로를 기다리다가 그를 보자마자 바로 손을 흔들었다. 둘은 상대를 향해 걸어가서 끌어안고 양 볼을 맞대고 인사를 나누었다.

"잘 지냈어, 꼬맹아?" 이반이 말했다.

"응, 근데 이제 내가 형보다 3cm나 더 크다는 거 알지? 게다가 난 아직 성장기라고."

"나한테는 넌 언제나 꼬맹이야." 이반이 웃었다.

이반은 역 주차장에 차를 세워 놓았다. 대학에 들어갔을 때 아버지가 사 준 차였다. 리모컨으로 차 문을 열고서 다시 동생을 바라보았다.

"봤지? 네가 꼬맹이가 아니면 너도 차가 있을 거 아냐." 그러고 나서 다시 웃었다.

달리다 멈춰서 피자와 음료수를 사고 다시 출발했다. 파블로는 웃고 농담하는 이반이 예전과 똑같다고 생각했다. 그런 일이 있었는데도 아무렇지도 않은 건가? 아니면 동생을 걱정시키지 않으려고 괜찮은 척하는 건가? 자신을 아무리 꼬맹이라고 불러도 자신은 이제 꼬맹이가 아니었다. 자기 앞에서 형은 솔직해져야 할 거라고 생각했다.

둘은 이반의 집에 도착했다.

"조금 쉬어. 내가 상 차릴게. 배고파 죽겠다."

파블로는 다시 놀랐다. 형은 아직도 아버지에 관해 한마디도 하지 않았다. 이 말도 안 되는 상황이 불편했다. 둘은 정말 심각한 문제 앞에 직면해 있는데 세상에서 가장 평화롭게 피자 두 판을 먹으려던 참이었다. 그는 방 한쪽에 짐을 두고 화장실로

갔다. 손과 얼굴을 씻고 나서 수건으로 얼굴을 닦으며 거울에
비친 자신을 바라보았다. 잠시 베티나를 생각했다. 그때 피자가
식기 전에 빨리 먹으라는 형의 외침에 현실로 돌아왔다.

"학교는 어때?" 입 안에 피자를 입에 한가득 넣고 물었다.

왜 이렇게 바보 같은 질문을 당당하게 하는 거지? 형은 파블
로의 학교생활이 어떤지는 너무나 잘 알고 있었다. 하지만 이틀
전부터는 상황이 바뀌었고, 파블로는 그들의 앞날이 걸린 더 중
요한 문제에 관한 이야기를 해야 한다고 생각했다.

"글쎄." 간단하게 대답했다. 그러고 나서 의도적으로 물었다.
"대학은 어때?"

"아, 좋지!" 형이 계속해서 정신없이 먹으며 대답했다.

파블로는 웃으면서 베티나가 있는 제네바에 남는 편이 나았
을 거라고 다시 생각했다. 베티나는 지금 파블로에게 꼭 필요한
평온함을 주었고 동시에 파블로에게 여러 가지 문제를 깊이 생
각하게 해 주었다. 지금 그에게 필요한 것은 평온과 성찰이었
다. 피자 한 조각을 들고 한 입 베어 물었다.

"정말 맛있다." 이반이 말했다.

파블로는 탄산음료 캔을 따면서 고개를 끄덕였다.

3장

저녁 식사 뒤에 이반은 파블로에게 뭘 하고 싶은지 물었다. 파블로는 대답하지 않았다. 힘든 한 주를 보내 피곤한 상태였기 때문에 형제는 외출할 생각은 바로 포기했다.

'힘든'이라는 말을 꺼낸 것은 이반이었다. 파블로는 그 말이 형이 속내를 밝힌 첫 마디라 반가웠다. 형도 역시 그 일로 힘들었던 것이다. 아버지가 투옥되었다는 이야기를 꺼내지 않은 것은 파블로를 더 힘들게 할까 봐 걱정스러워서였을 거라고 짐작했다. 어쨌든 이반은 파블로를 꼬맹이라고 불렀으니까.

'나를 보호하려는 거야.'라고 생각했다. 하지만 곧바로 그는 자신도 이제는 보호받아야 할 아이가 아니며, 무슨 일이 일어나고 어떤 결과가 초래되든 감당할 수 있다고 자신에게 말했다.

"무척 힘든 한 주였어." 대화의 방향을 바꿀 거라고 확신하면서 천천히 이 말을 되풀이했다.

그의 생각은 맞았다.

둘은 소파의 각각 한쪽 끝에 자리 잡았다. 이반이 파블로의 무릎에 손을 얹으려고 파블로 쪽으로 가볍게 몸을 기울였다.

"괜찮아?" 이번에는 형의 말투나 의도가 달랐다. 파블로는 즉시 알아차렸다.

"응, 무척 혼란스럽지만."

"혼란스러운 게 당연하지. 근데 걱정 안 해도 돼, 꼬맹아. 다 예정된 대로 가고 있어."

파블로는 형이 무슨 말을 하는 건지 이해하지 못해서 더 혼란스러웠다.

"형은 아빠가 감옥에 갈 걸 알았다는 말이야?" 파블로가 물었다.

"응."

"언제부터 알았는데?"

"지난번에 왔을 때 직접 말씀해 주셨어."

"아빠가……."

"아빠는 무슨 일이 일어날지 누구보다도 잘 알고 계셨어. 어떤 면에서는 아빠가 기획했다고도 할 수 있어. 감옥에서 며칠 고생할 것도 예상하셨단 말이야."

"며칠?"

"물론이지. 곧 풀려날 거야. 변호사들이 이미 확실하게 방어

전략을 세워 놓았어.”

“무슨 말인지 전혀 모르겠어.”

“당연해. 무척 복잡한 일이라 아빠는 항상 네가 이 일에서 멀리 떨어져 있기를 바랐어. 너는 너무 어려서 이해할 수 없을 테니까. 하지만 네가 역에서 말했듯이 이제 너는 나보다 3cm나 더 크고, 그건 단지 키만 컸다는 뜻은 아니잖아. 일이 여기까지 온 이상 우리는······.”

“우리라니?” 파블로가 말을 막았다.

“당연히 아빠와 나지.” 이반은 지금까지 비밀로 지켜왔던 몇 가지 이야기를 동생에게 해 주려는 듯 보였다. 그러기 위해서 마치 옛이야기나 전설을 들려주는 듯한 말투를 썼다. “아빠는 스위스 은행에 돈 대부분을 맡겨 놓았기 때문에 취리히에 자주 왔어. 마드리드에서 새벽 첫 비행기를 타고 와서 저녁 비행기로 돌아갔어. 여기 오면 나와 함께 하루를 보냈어. 아빠는 나에게 여러 가지 일을 알려 주고 싶어 했어. 사업에 대한 일과 곧 터지게 될 스캔들, 그리고 이후의 계획까지. 그래, 이제 너도 모든 것을 알아야 할 때가 됐어.”

이유는 알 수 없지만 파블로는 거대한 눈 언덕 아래로 떨어진 듯한 느낌을 받았다. 스키를 잃어버리고 어찌할 수 없이 구르는 느낌이었다. 눈 표면에서 이리저리 부딪히고 튕긴 그의 몸은 만신창이가 되었다. 멈출 수 없었다. 그 비탈길이 어디까지 갈지 도대체 알 수 없었다.

"아빠가 구속될 걸 알았다고?" 다시 한번 깊이 생각하면서 좀 더 분명하게 알기 위해 물었다.

"그래." 이반이 당연하다는 듯 대답했다.

"그러면…… 절도, 뇌물, 사기…… 이런 혐의들은 사실이야?"

"너는 사실이라고 믿니?"

"형이 대답해 줘." 파블로는 분명한 대답을 기다리면서 형을 뚫어지게 바라보았다. "왜냐하면 나는 이제 뭘 믿어야 할지 모르겠어. 내 머릿속은 엉망진창인데 점점 더 복잡해져. 형은 걱정할 필요 없다고 하지만 난 더 복잡해진다고."

"어쨌든 아빠는 사업가야. 뛰어난 사업가." 이반이 자기 말에 확신을 주려는 듯 차분한 어조로 말했다. "아빠는 국회의원까지 했어. 지금쯤은 아빠를 제명하려고 하겠지만. 하지만 아빠는 정치인이 아니라 기업가야. 이 점을 분명히 염두에 둬야 해."

"언제나 아빠는 스스로 기업가라고 했어." 파블로가 동의했다. "아빠는 자주 그 말을 했어. 형 말을 들으니 아빠 말을 듣고 있는 것 같아."

"잘 들어, 파블로. 사업의 세계는 그런 거야. 틀림없이 가장 정직한 세계는 아닐 거야. 하지만 아빠가 그렇게 만들어 낸 건 아니야. 사업의 세계는 한 나라가 번창하는 근본이야. 부를 만

들고 일자리를 만들고 복지를 만들어 내는 거야. 꼭 그렇게 생각하지 않는 사람들이 있다는 것도 알아. 아빠의 사업으로 수많은 가족이 먹고살잖아. 알겠어?"

"아니."

"나를 더 힘들게 하지 마."

"내가 물어본 거 먼저 대답해 줘. 그 혐의들이 다 사실이야?"

"그 질문에는 아무도 대답해 주지 않을 거야." 이반의 말투가 조금 굳어졌다. "나는 대답하지 않을 거야. 분명히 아빠도 대답해 주지 않을 거야."

"누군가 대답해 줬으면 좋겠어."

"너 스스로 답을 찾아."

이반은 몸을 돌리고 TV 리모컨을 집어 들었다. 전원을 켜고 화면이 나오자 채널을 이리저리 돌렸다. 포뮬러 원 경기가 나오는 화면에서 멈췄다. 우승이 유력한 선수에 관해 이야기했다. 화제를 돌리고 싶어하는 것 같았다.

"나 자신에게 물어보지만 어떤 답이 나올지 두려워." 갑자기 파블로가 형에게 말했다.

이반이 다시 파블로 쪽으로 몸을 돌렸다. 하지만 TV를 끄지는 않았다. 자동차들은 전속력으로 경사진 경주로를 돌았다.

"아빠는 중요한 건 과정이 아니라 목적이라고 자주 이야기했어. 정치를 하면서 겪는 수모, 싫어하는 사람들과 해야 하는

협상, 지금 몇몇 회사의 문을 닫고 수감된 것도 수단이라고 할 수 있어. 하지만 중요한 건 목적이야."

"그래서 목적이 뭔데?"

"우리. 아빠의 가족."

파블로는 그 대답을 듣고 너무나 놀랐다. 기대하지 않았던 대답이었다. 믿을 수 없다는 표정이었다.

"우리라고?" 겨우 이렇게만 말했다.

"아빠가 여러 번 그렇게 말했어. 특히 취리히에 와서 나와 점심 먹을 때."

"나한테는 전화조차 하지 않았어. 아빠랑 얘기한 지 얼마나 됐는지 알아?"

"감상주의에 빠지지 말고 눈을 떠 봐."

"나 두 눈 크게 뜨고 있어. 정말이야."

"그러면 이 한 가지는 머릿속에 집어넣고 평생 명심해." 이반은 다시 동생에게 다가갔지만 이번에는 조금 전보다 훨씬 더 가까이, 마치 동생의 어깨를 붙들고 흔들려는 듯 가까이 다가갔다. "목적이 뭔지 알아? 내가 말해 줄게. 목적은 스위스 은행 세 곳의 비밀 계좌야. 생각만 해도 멀미가 날 정도로 어마어마한 숫자야. 너와 내가 그 덕분에 하고 싶은 거 다 하고 모든 걸 누리면서 사는 것이 목적이야. 알아듣겠어?"

형의 말에 압도되어 파블로는 고개를 떨궜다.

"그 말을 알아들으려면 시간이 필요한 것 같아."

이반은 웃으면서 파블로의 뺨을 친근하게 툭툭 쳤다.

"시간을 가져. 이 상황 때문에 혼란스러운 마음은 다 정리하도록 해. 하지만 기억해 둬. 순진한 건 다 묻어 버리고 눈을 뜨는 거야."

"형은 그렇게 했어?"

"응."

"어려웠어?"

"아니."

"하긴 형이란 나는 무척 달라."

"그래." 이반이 활짝 웃었다. "언제나 우리는 달랐어. 하지만 차이는 점점 줄어들다가 결국 사라질 거야."

"그럴지도 모르지." 파블로는 바닥을 내려다보며 혼잣말했다. 차이가 넓어져 심연이 될 수도 있어.

이반은 동생이 중얼거린 말을 알아듣지 못했다. 다시 소파로 돌아가서 TV 리모컨을 들고 계속 채널을 돌렸다.

다음 날 아침, 이반은 파블로의 잠을 설치게 한 어젯밤의 대화를 잊은 듯했다. 다시 한번 베티나에게 피신한 것이 그나마 다행이었다. 밤새도록 침대에서 베티나와 왓츠앱으로 대화를 나누었다. 통화를 하면 이반이 들을지도 몰라서 채팅이 나았다.

형과 나눈 대화는 말하지 않았다. 베티나도 물어보지 않았기 때문에 둘의 대화는 연인 간의 대화 그 이상은 아니었다.

이반은 아침 식사를 준비하며 토스트와 크루아상, 커피와 차, 오렌지 주스와 파인애플 주스 중 무엇이 먹고 싶은지와 같은 사소한 이야기만 했다. 여전히 파자마 차림으로 식탁에 앉아 입안 가득 음식을 넣은 채로 이반은 문득 무언가 생각난 듯했다.

"나 12시에 공항에 가야 하는데 같이 갈래?"

"좋아." 파블로가 어깨를 으쓱했다. "난 취리히에서 할 일이 많지 않아."

"오래 걸리지 않을 거야."

"누구 데려다주는 거야?" 파블로가 물었다.

"아니."

"그럼 누구 마중 나가는 거야?"

"그것도 아니야."

파블로는 형의 말이 이상했다. 누구를 데려다주는 것도 아니고 마중 나가는 것도 아니라면, 왜 공항에 가야 한단 말이지? 그는 형을 바라보면서 설명을 기다렸다.

"뭔지 알겠다!" 파블로가 장난기 있는 말투로 말했다. "토요일 아침에 공항에서 비행기 이착륙 보는 게 형 취미구나."

"물건을 하나 받아야 해."

"이상하게 들리는데."

"사실 좀 그래."

"무슨 말이야?" 파블로의 말투가 바뀌었다. 다시 형을 뚫어지게 바라보았다. 곧바로 공항에서 할 일 뒤에 뭔가 중요한 것이 숨겨져 있을 거라는 느낌이 들었다.

"지금 어떤 사람이 마드리드에서 취리히로 날아오고 있어. 그 사람이 나에게 중요한 것을 건네줄 거야."

"그 사람이 누군데?"

"나도 몰라. 스물다섯 살 정도의 젊은 여성이고 173cm의 마른 체형, 갈색 긴 머리카락에 색이 바랜 청바지와 청재킷을 입은 캐주얼한 차림인 것만 알아. 재킷 안에는 밝은 오렌지색 셔츠를 입고 목에 스카프를 둘렀어. 커다란 숄더백을 들고 등에는 배낭을 멨어. 그 배낭을 내가 건네받을 거야."

파블로는 입을 다물지 못한 채 설명을 들었다.

"그 배낭 안에 뭐가 들어 있는데?"

"종이들."

"어떤 종이들?"

"서류."

그 순간 파블로는 아빠 생각이 났고 무슨 말인지 알아들을 것 같았다. 그래도 계속 질문했다.

"아빠의 서류?"

"응."

"위험한 서류야?"

"그 서류들이 스페인 밖에 있는 것이 나을 거라고 했어. 변호사들 의견이야."

"그러면 그 여자는……?"

"그 여자는 이 건과 아무 상관도 없고, 배낭에 뭐가 들었는지 전혀 몰라. 마드리드에서 취리히까지 돈을 받고 운반하는 것뿐이야. 하지만 무슨 일인지 질문해서는 안 된다는 것은 알지. 이상하게 들릴지 모르지만 일상적인 일이야."

파블로는 너무 놀라서 아직 궁금한 게 많았지만 무엇을 물어야 할지 몰랐다.

주도권을 잡은 것은 이반이었다.

"지금까지는 우리 가족 중에서 아빠의 사업에 대해 아는 사람은 내가 유일했어. 물론 모든 것을 다 알지는 못 해. 아빠가 여기에 왔을 때 이것저것 이야기해 주었어. 어떤 면에서 보면 나를 교육했지. 하지만 이제부터는 너도 개입하게 되는 거야."

"내가?"

"내 뜻이 아니야." 이반이 자신을 정당화하려는 듯 말했다. "아빠가 결정했어. 지난번에 마지막으로 여기에 왔을 때 네 이야기를 많이 했어. 이제 너도 아이가 아니니까 가능한 한 빨리 상황을 아는 게 좋겠다고 했어."

"어떤 상황?"

이반은 모든 것을 한꺼번에 설명할 수 없다는 듯이 콧방귀를 꿰었다.

"눈을 크게 떠. 일단은 그렇게 알고 있어. 아빠는 우리 둘이 그 어느 때보다 더 가까워져야 한다고 했어."

"근데 형은 취리히에 살고 나는……."

"그런 말이 아닌 거 알잖아." 이반이 말을 끊었다.

"사실대로 말하자면" 파블로는 자기 자신에게 말하는 것 같았다. "무슨 뜻인지 잘 모르겠어. 며칠 전부터 나는 완전히 혼란스러워. 혼란 그 자체야! 내가 무엇을 느끼는지, 내가 무엇 때문에 괴로운지 계속 묻고 또 묻고 있어. 슬픔, 놀람, 불안…… 그보다 더 많아. 하지만 무엇보다도 너무나 혼란스러워. 그리고 두려워. 무척 두렵다고."

"이해해. 하지만 곧 괜찮아질 거야."

토요일 아침에 차는 많지 않았다. 공항 방향의 북쪽 도로에서 보이는 차는 대부분 택시였다. 마음을 잡지 못한 파블로는 차창에 머리를 기대고 풍경을 바라보았다. 취리히 교외는 다른 도시의 변두리만큼 무질서해 보이지 않았다. 스위스의 질서와 깨끗함이 그곳까지 닿아 있었다. 곧 공항이 가까웠다는 것을 알리는 커다란 표지판들이 보이기 시작했다.

주차장에 차를 세우고 도착 구역으로 들어갔다. 전광판에서 이반이 비행 편을 확인했다.

"저거야." 그가 파블로에게 가리켰다. "다행이야. 제시간에 도착하네. 15분 뒤면 착륙할 거야."

"우리는 뭘 해야 해?"

"그 여자가 들고 오는 배낭을 받고 가면 돼."

"그러면 그 여자는?"

"다음 비행기로 스페인으로 돌아갈 거야. 같은 비행기를 탈 가능성도 있어."

"그러면 의심받지 않을까?"

이반은 동생을 쳐다보고 미소 지었다. 틀림없이 동생의 치밀함이 마음에 들었을 것이다.

"아! 이제야 네가 우리 일을 걱정하는 것 같네. 좋아! 네 생각은 무척 논리적이야. 나도 이 일을 지시한 아빠의 변호사에게 물어봤어. 그는 우리가 의심받지 않을 거래. 아무도 우리를 감시하지 않는다고 했어. 그리고 이런 식의 배달은 여기서 흔한 일이래. 모두가 아는 일이지만 아무도 들추지 않는대. 어쩌면 나중에는 다른 방식을 찾아야 할지도 몰라. 어쨌든 우리는 신중하게 행동해야 할 거야."

그들은 커다란 가게로 갔다. 기념품부터 잡다한 생필품에 이르기까지 모든 종류의 물건이 있었다. 모든 것은 완벽하게 진열

되어 있었다. 값이 나가는 물건들은 진열장 안에 들어 있었다. 수많은 사람이 여기저기서 무심하게 구경하면서 움직였다. 물건을 사는 사람도 많았다.

"여기서 만나는 거야?" 파블로가 물었다.

"응."

"더 조심스러운 곳이 없었어?"

"네가 말하는 더 조심스러운 곳은 눈에 더 잘 띌 수 있어."

비행기는 정시에 착륙했고 캐주얼한 옷차림으로 커다란 숄더백을 들고 등에 배낭을 멘 여자는 곧 그곳에 도착했다. 이반은 그녀를 바로 찾아냈다.

"너는 여기 있어." 파블로에게 말하고 이반이 그녀를 향해 갔다.

만남은 무척 짧았다. 파블로는 색색의 시계들을 보는 척했지만 사실 통로 한쪽을 무심한 척 걷는 그 여자에게서 눈을 떼지 않았다. 이반이 다가가서 알은척했다. 그들은 양 볼 키스를 하고 미소를 띤 채 몇 마디 주고받았다. 그녀는 배낭을 벗어 두 사람 사이 바닥에 내려놓았다. 그들은 다시 볼 키스를 하고 헤어졌다. 그게 다였다.

배낭을 들고 이반은 상점 출구 쪽을 향했다. 파블로도 따라갔다. 그들은 넓은 통로에서 다시 만났다. 그 순간 일본 관광객들이 줄지어 그 앞을 지나갔다.

"다 된 거야?" 파블로가 겨우 이렇게 물었다.

"응, 다 됐어."

돌아오는 길에 차 안에서 파블로는 배낭이 놓인 뒷좌석을 바라보았다. 배낭을 들어서 무릎 사이에 놓았다.

"뭐 하려고?" 이반이 물었다.

"안에 뭐가 있는지 보려고."

"서류뿐이야. 이미 말했잖아."

파블로는 배낭을 열었다. 안에는 서류로 가득 찬 여러 개의 파일이 있었다. 그중 하나를 꺼냈다.

"넌 봐도 몰라." 형이 말했다.

하지만 파블로는 계속해서 서류들을 살펴보았다. 그 문서들은 형 말대로 이해할 수 없었다. 다른 나라말로 되어 있는 것 같았다. 문장을 읽었지만 뜻을 알 수 없었다. 많은 서류는 공증이 되어 있었다. 어떤 서류에는 아버지의 서명이 있었다.

"조심해. 뒤섞어 놓으면 안 돼." 이반이 다시 경고했다.

파블로는 파일을 덮고 다시 배낭 안에 넣은 다음 무릎 위에 올려놓았다.

"형 말이 맞았어. 아무것도 이해할 수 없어."

집에 도착하자, 이반은 배낭을 손으로 꼭 쥔 채 거실로 들어가며 동생에게 따라오라고 손짓했다. 거실 한쪽 식사 공간에 커다란 금빛 액자 거울이 있었는데, 그 양옆으로 책장이 놓여 있고, 작은 추상화들이 줄지어 걸려 있었다. 이반은 배낭을 소파에 던져 놓고 거울을 바라보았다.

"뭐가 보이니?" 형이 물었다.

"거울 속에 있는 형이랑 내가 보여."

이반은 입가에 미소를 머금고 거울 쪽으로 걸어가 거울을 옆에서 잡고 세게 잡아당겼다. 작은 용수철이 튀어 오르는 소리가 나더니 거울이 숨겨진 경첩을 따라 회전해 보이지 않게 되었다. 벽에 붙박이 금고가 나타났다.

"아빠는 네가 이런 것들을 알아가기를 원했어."

그러고 나서 더는 고민하지 않고 이반은 비밀번호를 입력했다. 두꺼운 쇠문이 열렸다. 파블로는 형의 옆에 있었기 때문에 금고 안에 있던 것을 쉽게 볼 수 있었다. 500유로³⁾짜리 지폐 다발 세 묶음과 권총 한 자루. 파블로는 숨을 죽였다.

"서류를 이리 줘." 파블로가 서류를 주자 이반이 부서지기 쉬운 물건이라도 되는 듯 조심스럽게 파일을 금고 안에 넣었다. "여기 있으면 안전할 거야."

금고가 닫히고 거울이 제자리로 돌아오자 파블로는 몇 마디 말을 꺼내려고 노력했다. 너무 놀라 아직 정신이 없었다.

"돈이 많네……." 겨우 말했다.

500유로³⁾: 500유로는 한화로 75만 원 상당

"엄청 많지." 이반이 고개를 끄덕였다. "하지만 이건 은행에 있는 것에 비하면 아무것도 아니야."

"500유로짜리 지폐라니……." 파블로는 형의 말을 듣지 못한 것 같았다.

"네가 돌아가기 전에 금고 비밀번호를 알려 줄게. 너도 열 수 있게."

"난 여기에 살지도 않는데……."

"상관없어. 너도 번호를 알아야 해."

더 알게 되면 알게 될수록 모든 것이 더 이해하기 어려워졌다. 그는 고개를 저으면서 왠지 모르겠지만 베티나를 생각했다. 어쩌면 학교로 돌아가면 카민스키처럼 해야 할지도 몰랐다. 아버지의 구속이 정당하다는 것을 인정해야 할 것 같았다. 아마도 형은 자신을 더 남자답고 더 어른스럽게 만들려고 진실을 들려줬을 것이다. 다시 한번 이번 여행을 후회했다. 쓰레기 같은 이 세상과 상관없이 베티나와 학교에 남아 있는 편이 좋았을 텐데. 역겨운 쓰레기가 자신의 가족에게서 비롯되었다는 사실을 받아들일 수 없었다. 모르는 편이 나았다. 아무것도 모르는 편이 나았다. 자신과는 아무 상관 없는 일이다. 그의 삶에서 가장 중요한 건 완전히 사랑에 빠져 버린 그 소녀다. 왜 운명은 그녀와 자신의 관계에 흙탕물을 뿌리고 싶어 하는 것일까?

"아!" 이반이 뭔가 중요한 말이 생각난 것 같았다. "아빠가 총기 소지 허가증이 있다는 말을 깜빡했네."

　그 말을 듣고, 일상에서 한 번도 본 적 없는 지폐 다발 사이에 있던 권총이 떠올라서, 사랑을 생각하던 파블로의 머릿속은 엉망진창이 되었다.

4장

    일요일 밤 파블로가 제네바로 돌아왔을 때 베티나는 역에 없었다. 베티나의 부모는 독일의 남부 로트바일이라는 조그만 도시의 교외에 살았다. 로트바일은 검은 숲이라 불리는 슈바르츠발트와 다뉴브 자연공원 사이의 정말 멋진 풍경 한가운데 위치한 곳이었다.

    스위스의 몇몇 주요한 미술관을 소유한 친구들과 함께 주말을 보내려고 베티나의 부모는 스위스로 운전해 왔다. 친구들의 미술관에서 베티나의 부모는 여러 차례 전시회를 열었다. 토요일 아침 부부는 주말을 함께 보내기 위해 딸을 데리러 학교에 왔다. 홀르 교외에 있는 미술관 주인의 집은 특히 멋졌는데, 건물은 두말할 것도 없거니와 푸른 풀밭으로 덮인 나지막한 산꼭대기에 자리 잡은 위치 덕분에 정말 멋진 풍경이 펼쳐지는 곳이었다. 라이트너 르 브룅 학교는 홀르와 제네바 중간쯤, 같은 고속도로 선상에 있었다.

파블로는 이러한 사실을 알고 있었다. 베티나와 파블로는 왓츠앱으로 끊임없이 이야기를 나눴고 이반이 없을 때는 전화 통화도 했다. 아직 형에게 여자 친구가 있다는 이야기는 하고 싶지 않았다. 쏟아질 질문에 대답할 마음도 없었고 형이 던져 오는 농담에 대꾸하고 싶지도 않았다. 나중에 그럴 시간이 있을 것이다.

"일요일에 우리 부모님 친구분 댁에서 지낼 거야." 베티나가 말했다.

"너를 보지 않고 그렇게 오랜 시간을 견딜 수 있을지 모르겠어." 파블로가 불평했다.

"우리 엄마가 월요일 일찍 학교로 데려다줄 거야."

늦은 밤, 돌아오는 버스에서 파블로는 뭔가 기억해 냈다. 그는 바지 주머니에 손을 넣고 뒤적거리다가 열쇠고리에 걸린 열쇠 몇 개와 접힌 종잇조각을 꺼냈다. 생각에 잠긴 채 두 가지를 바라보았다.

파블로는 받고 싶지 않았지만 형은 그의 집 현관과 우편함, 문 열쇠 꾸러미를 억지로 떠맡겼다. 아버지가 그렇게 하라고 했다고 말하면서 모두의 안전을 위해 중요한 일이라고 했다. 학교에서 300km나 떨어진 곳에 있는 형 집의 열쇠를 가진 것이 도대체 어떻게 모두의 안전과 관계가 있는 것인지 궁금했다. 어떤 면에서 보면 그 열쇠를 받은 것은 하나의 전환점이 된 것일지도 모른다는 생각이 들었다. 그의 가족 옆에 서게 된 것이다. 아무도 대답해 주지 않았지만 꿈을 빼앗긴 것일 수도 있었다. 이제 베티나가 다시 물어본다면 뭐라고 대답해야 할까? 베티나에게 진실과 정의 편에 서 있다고 확실하게 말할 수 있을까?

접힌 종이에는 금고의 비밀번호가 적혀 있었다.

"여기에 적어 줄게. 하지만 외워야 해." 이반이 경고했다. "외우고 나면 찢어 버려. 이 번호는 네 머릿속에만 있어야 해."

파블로는 이미 번호를 외웠지만 종이를 찢지 않았다. 다음날까지 기다리기로 했다. 그때까지 번호를 외운다면 찢어 버릴 것이다. 하지만 또 한편 자신이 그 금고를 열 생각이 없는데 그 번호를 왜 외워야 하나 싶었다. 다시 취리히로 돌아갈 마음조차 없었다. 이반은 아버지가 원하는 것이라고 했지만 그 말도 이해할 수 없었다. 아버지는 감옥에 있으니 그런 말을 할 수 없다. 어쩌면 전에 취리히에 왔을 때 이야기했을 수도 있다. 미리 그런 이야기를 해 뒀다면…… 왜 직접 말하지 않았을까? 왜 모든 것을 이런 식으로 알게 했을까? 생각하면 할수록 알 수 없었다.

베티나가 학교에서 아침을 먹지 않을 걸 알았지만 식당에서 순간 자기도 모르는 사이에 두리번거렸다. 이쪽저쪽 살펴보았다.

"안 왔어." 스테판이 말했다. 무척 몸집이 큰 곱슬머리의 금발 소년이었다. 학교에 몇 명 없는 스위스 학생 중 하나였다.

"나도 알아." 파블로가 무심하게 대답했다.

파블로는 스테판이 마음에 들지 않았다. 무엇보다 스테판이 베티나를 좋아한다는 사실을 알았기 때문이다. 스테판 스스로 몇 차례 그 사실을 알렸다. 물론 베티나는 거절했고 베티나는 파블로를 좋아했다. 하지만 기분이 좋지 않은 건 사실이었다. 나쁜 아이는 아니었다. 베티나도 그 사실을 설명하려고 했다. 때때로 그들 사이에 나타나는 것은 단지 친구로서일 뿐이라고. 파블로도 이해했다. 하지만 애인을 좋아하는 남자 친구를 옆에 두고 싶은 마음은 없었다.

책상에 앉고 선생님이 수업을 시작하려고 할 때 베티나가 교실에 들어왔다. 선생님에게 인사하고 늦어서 죄송하다고 했다. 곧바로 자리로 갔다. 파블로 옆자리였다. 설명하기 어려운 뭔가를 느꼈다. 경이로운 일은 설명이 어렵다. 모든 것이 자리를 잡았고 다시 사랑에 빠져서 세상에서 가장 행복한 사람이 되었다. 불안이 사라졌다. 왜냐하면 옆자리에 구원자가 다시 나타났기 때문이다. 강렬한 눈빛으로 상대를 바라보고 미소 지었다. 가볍게 입술을 내밀어 키스를 보냈다. 온몸으로 그 키스를 받았다. 머리끝에서부터 발끝까지 전율을 느꼈다.

학생들이 디지털 화면에서 볼 수 있도록 선생님이 컴퓨터 화면에서 몇몇 도형을 가리킬 때 파블로는 공책을 열어서 두 마디 말을 썼다. "너를 사랑해." 조심스럽게 종이를 찢어서 반으로 접어서 시치미를 떼며 베티나에게 보냈다. 베티나는 글을 읽고 미소를 지었다. 그러고는 "나도. 취리히는 어땠어?"라고 썼다. 종이가 다시 돌아올 순간에 파블로의 눈에 '취리히'라는 단어가 들어와 불편했다. 그 말에 그동안 느꼈던 황홀함이 사라져 버렸다. "나중에 이야기해 줄게."라고 써서 다시 종이를 보냈다. 베티나는 그것을 읽어 보고 다시 그를 바라보고 웃었다. 그리고 대화는 끝났다.

나머지 오전 시간은 좋지 않았다. 비록 둘이 같은 학년이었지만 몇 과목은 달랐다. 그러니까 1교시가 끝난 뒤에는 떨어져야 했다는 말이다. 베티나는 교실 밖에서 하는 활동이 많은 수업을 하나 들었다. 파블로는 속상해서 한숨을 쉬면서 베티나가 나가는 모습을 바라보았다. 그런데 스테판이 뒤따라 나가는 것을 보자 화가 치밀었다. 둘이 같은 과목을 선택했다.

"왜 스테판과 과목이 모두 다 같은 거야?" 한번은 이렇게 물었다.

"그냥 우연이지." 베티나가 대답했다.

"학기 초에 네가 선택할 과목을 알고서 따라 한 거 아니야?"

"그럴 수 없어. 그때는 나도 뭘 선택할지 몰랐는걸."

"그렇다면 다른 설명을 찾을 수 없네."

"아, 있어."

"뭔데?"

"취향이 같은 거지."

베티나의 마지막 말을 듣고 파블로는 더욱 화가 났다.

점심시간이 되어서야 다시 만났다. 파블로가 식당에 들어갔을 때 베티나는 식판 탑과 수저통 바로 옆에서 스테판과 이야기하고 있었다. 베티나는 파블로에게 손짓하며 넘치는 미소를 보냈다.

"널 기다리고 있었어." 파블로가 다가가자 말했다.

스테판은 식판을 하나 꺼내어 그 위에 포크와 냅킨을 놓고서 가 버렸다.

"나는 먹으러 간다. 너무 배고파." 스테판은 다른 친구들도 같은 이유로 그 자리를 피했다는 듯 말했다.

"왜 저래?" 파블로가 말했다.

"내 생각에 스테판은 괜찮은 친구 같은데. 내가 스테판과 말만 하면 질투를 하네."

"내가 질투를 한다고?" 그녀의 말을 믿을 수 없다는 듯이 외쳤다.

두 사람은 식판을 들고 음식이 있는 곳으로 갔다. 그들은 아무도 없는 무척 긴 식탁 끝으로 갔다. 그곳이라면 조금 차분하게 둘이 시간을 보낼 수 있을 것이다. 자리에 앉기 전에 파블로는 눈으로 스테판을 찾았다. 저쪽 끝에 있는 것을 보자 기분이 좋아졌다. 베티나의 말과 달리, 그의 눈에 스테판은 먹잇감을 노리고 배회하는 늑대처럼 보였다. 하지만 그는 그것을 허락할 의사가 없었다.

둘이 마주 보고 앉았다. 파블로는 넋을 잃고 베티나를 바라보면서 사랑의 표현하려고 했다. 그런데 베티나가 먼저 말을 꺼냈다.

"말해 줘." 베티나가 말했다.

"무슨 말을 해 달라는 거야?"

"주말에 형과 함께 취리히에 있었잖아. 잊어버렸어?"

어떤 면에서 파블로는 잊고 있었다. 아니면 잊기를 원했다는 말이 더 정확할 것이다. 왜 베티나는 그를 구름 위에서 끌어내려서 악취 나는 땅으로 데려오려는 것일까? 왜 그가 잠들 때까지 그녀의 시선에 안기게 하지 않을까? 왜 그녀의 입술로 애무하지 않을까? 이런 것들이 취리히에서 보낸 주말보다 훨씬 더 아름다웠다.

"너무 보고 싶었어." 파블로가 대답했다.

"나도. 우리 부모님과 친구분이 나를 한순간도 가만 내버려두지 않았지만 말이야. 일이 하나가 없어지면 꼭 다른 일이 생겨."

파블로가 라자냐 한쪽을 잘라서 입안에 넣었다. 그가 감탄하

듯 말했다.

"이거 맛있다." 파블로가 말했다.

"아무 말도 하고 싶지 않은 거라면 말하지 않아도 괜찮아." 베티나가 진지하게 말했다.

파블로는 현실을 무시하고 피하려고 하는 것은 쓸모없는 일이라는 것을 알았다. 취리히에서 보낸 주말은 단순히 형을 방문한 것이 아니라 며칠 전에 일어났던 일과 뭔가 무척 심각하게 연관된 일이었다. 어쩌면 오래전부터 준비된 일일 수도 있다.

그는 잠시 침묵을 지켰다. 심지어는 라자냐를 더 먹었다. 그런데도 베티나가 아무 이야기도 묻지 않을 거라고 생각했을 때 파블로는 표정을 바꾸어서 말했다.

"저번에 카민스키 이야기했지? 생각나?"

"응."

"카민스키라면 아마 자기 아버지가 죄가 있어서 감옥에 들어갔을 거라고 너에게 말했을 거야. 하지만 나는 카민스키가 아니야!"

"네가 카민스키가 아닌 건 이미 알아." 베티나가 가볍게 웃었다.

"그래, 나는 카민스키가 아니야." 파블로가 단호하게 말했다.

"무슨 말이야?"

"우리 아버지가 유죄라는 사실을 인정하지 않을 거라는 말이야.”

“그렇게 말해 줘서 기쁘다.”

“왜 기쁜데?”

“그 말은 너희 아버지가 무죄라는 사실을 확신한다는 뜻이
잖아.”

“나는 그렇게 말하지 않았어.”

“내가 잘못 이해했나 보구나.”

두 사람은 이야기가 도저히 빠져나올 수 없는 미로 같은 곳
으로 들어갔다는 사실을 알아차렸다. 베티나는 습관대로 묻고
또 물었다. 베티나는 모든 것을 이해하고 싶다는 조금은 터무니
없는 열망이 있었다. 삶에는 이해하는 것이 불가능한 것들이 있
고 그중 수많은 경우는 인간의 예측할 수 없는 감정과 행동과
관계가 있다는 사실을 알지 못했다.

“금요일에 취리히에 갔을 때 나는 완전히 혼란스러웠어. 나
는 대답을 찾고 있었어. 매일매일 신문이나 TV 뉴스에 나오는
기사 말고 무슨 일이 일어났는지 알려 주는 진짜 설명 말이야.
우리 가족들에게 설명을 듣고 싶었던 거야. 모든 것을 분명하게
보게 해 줄 한 줄기 빛과 같은, 태양과 같은 설명을 말이야. 우리
아버지가 무죄이고 아버지를 비난한 사람들은 눈곱만큼의 양심
도 없는 나쁜 사람들이라는 사실을 알고 싶었어.”

“그런데 그 설명을 찾지 못했구나…….” 베티나가 파블로의

눈빛을 읽었다.

"반대야. 하나의 의심을 품고 갔는데 의심의 바다에 빠져서 돌아왔어."

"형도 더 아는 게 없었어?"

"아니, 형은 모든 것을 다 알고 있었어."

"그런데……?"

"또 다른 혼란의 원인이야. 심지어는 이런 일이 일어날 것까지 알았어. 아버지가 모두 다 말을 해 주었기 때문에 알았던 거야. 아버지는 자주 취리히에 가서 형과 이야기를 나누었고 형에게 아버지 사업과 관련된 여러 가지 지침을 내려 주었어. 나는 옆으로 밀려나 있었던 거지. 내가 특정한 일을 알기에는 너무 어렸다고 생각했던 거야. 그런데 이제 내가 그런 것을 알아야 한다고 생각해."

"진짜 복잡하네!" 베티나가 고개를 가로저었다.

"진짜 더 복잡한 건 내가 뭘 해야 할지 모른다는 거야. 왜냐하면 형과 아마 아버지도 내가 이 모든 것을 당연한 것으로 받아들이기를 바라는 것 같아. 형이랑 아버지처럼 생각하기를 말이야. 하지만 누구도 생각을 강요할 수는 없어."

베티나는 파블로의 마지막 말에 감동했다.

"내가 네 옆에 있을게."

꼭 듣고 싶었던 말이다. 거센 폭풍과 캄캄한 밤 한가운데에 베티나가 옆에 있었다. 그것이면 충분하다고 생각했다.

"고마워." 겨우 이 말만 할 수 있었다.

"그 문제를 물어봐서 미안해." 베티나가 사과하려고 했다. "적절하지 않았던 것 같아."

"아니야, 적절했어."

두 사람은 입을 다물고 다시 기계적으로 식사했다. 그리고 조용히 눈빛을 주고받으며 서로의 마음을 이해했다.

오후 수업 전에 자유 시간이 있었고 비가 내리지 않았기 때문에 운동장으로 나가기로 했다.

그들은 한동안 조용히 정원 옆쪽으로 울타리가 쳐진 곳까지 걸었다. 그곳부터는 울타리를 따라 걸었다. 사방에서 뿜어져 나오는 봄의 기운으로 초목이 무성하게 올라왔다.

둘은 나무 벤치에 앉았다. 베티나가 파블로의 손을 잡고 말했다.

"나 하나 말할 게 있어."

"뭔데?" 파블로가 궁금해하며 물었다.

"다음 주말에 부모님과 함께 독일에 갈 거야. 금요일에 집으로 가시는데 그전에 학교에 와서 나를 데려갈 거야."

"그러니까 우리는 또 한 번의 주말을 보지 못한 채 지내야 하는 거네."

"아니, 네가 안 그러길 원한다면 안 그렇게 될 수도 있어."

파블로는 무슨 말인지 알아듣지 못해 어리둥절했다.

"무슨 말인지 모르겠어."

"부모님이 너도 함께 오라고 초대했어."

"그럼 내 이야기를……."

"내 스페인 남자 친구 이야기? 물론이지. 왜 못 해? 우리 집에서는 모든 것을 다 이야기해." 베티나가 웃었다. "우리는 그래. 우리 식구들 사이에는 비밀이 없어. 물론 가끔 피곤하기는 하지만."

"하지만……." 파블로는 점점 더 당혹스러웠다. "네 집으로 초대한다고? 네 집으로?"

"그래, 물론이야. 우리 집으로."

파블로가 당황스러워하는 모습이 베티나는 재미있었다. "시골 한가운데에 있는 무척 예쁜 집이야. 예전에 우리 할머니 할아버지가 사셨던 농장이야. 우리 부모님은 엄마 고향인 로트바일로 가서 살기로 하고 나서 그 집을 다시 지어야 했어. 집은 교외에 있어. 작은 도시지만 유서 깊은 곳이야. 나중에 이야기해 줄게. 네가 온다고 결정하면 그때 이야기해 줄게."

"그래." 파블로는 제대로 말을 잇지 못했다.

"그건 올 거라는 뜻이야?"

"응."

베티나는 미소 지었다. 베티나의 표정에서 행복감이 넘쳐흘렀다.

"우리 계획은 금요일 낮에 수업이 끝나자마자 떠나는 거야. 우리 부모님이 교문에서 우리를 기다릴 거야. 오후 내내 여행을 해야 해. 왜냐하면 여기서 400km나 떨어져 있거든. 토요일과 일요일을 우리 집에서 지내는 거야. 로트바일과 주변이 얼마나 예쁜지 너에게 보여 주려면 날씨가 좋아야 하는데. 우리는 월요일 낮에 돌아올 거야."

"그러면 월요일 수업은?"

"허락을 구해야지. 부모님이 교장 선생님께 말씀드릴 거야. 문제없을 거야. 수업 하루 못 듣는 게 걱정돼?"

"아니, 아니야." 파블로가 서둘러 대답했다.

"돌아오는 길은 조금 힘들 거야. 제네바까지 오는 기차를 타야 해. 거기서부터는 학교까지 오는 버스를 탈 거야."

"우리의 첫 여행이 되겠다. 잊지 못할 거야."

파블로는 멍한 상태였다. 이토록 경이로운 순간을 산다는 사실이 믿어지지 않았다. 그를 둘러싼 암울한 현실에서 벗어나서 상상할 수 있는 한 가장 멋진 세계로 옮겨가는 것이다.

"네 부모님이 나를 좋아하실까?" 파블로가 물었다.

"내가 너를 좋아해. 우리 엄마 아빠에게는 그 사실만 중요해."

베티나의 대답에 파블로는 할 말을 잃었다. 하지만 새로운 질문이 떠올랐다. 이번에는 소리 내어 묻지 않았다. 베티나의 부모님이 파블로의 가족에게 일어나는 일을 알까? 그렇다면 스페인 남자 친구가 그들의 딸에게 적합하지 않다고 생각하지 않을까? 걱정스럽고 초조했다. 하지만 그런 생각을 떨쳐 내려고 애썼다. 주문을 외우듯 베티나의 조그만 도시 이름을 중얼거리기 시작했다. 로트바일, 로트바일, 로트바일⋯⋯.

그 주 내내 파블로는 그의 가족과 베티나의 가족이라는 서로 다른 두 세계 한가운데에서 이상한 기분에 사로잡혀 지냈다.

매일 엄마와 통화했다. 엄마는 계속 학교 공부에만 집중하고 이 모든 일에서는 멀리 떨어져 있는 게 좋다는 말만 반복했다. 하지만 쉽지 않았다. 아버지의 체포는 가족에게는 정말 심한 충격이었고 파블로도 아무리 마드리드에서 멀리 떨어진 곳에 있다 할지라도 남의 일처럼 느낄 수 없었다. 불확실과 긴장, 당혹스러움이 그 먼 곳까지도 찾아왔다. 게다가 엄마 가까이에서 엄마의 사랑을 정말로 느끼고 싶은 순간이 너무나도 많았다. 엄마말처럼 그 모든 일에서 벗어나 있을 수는 없었다. 이제는 옛날이야기를 들려주며 달랠 수 있는 어린아이가 아니었다. 더 많은 것을 알아야 했고 진실을 알아야 했다. 그래서 아무리 고통스럽더라도 자기의 의견을 만들 수 있어야 했다. 휘몰아치는 회오리바람 속에 갇힌 것 같았다. 돌면 돌수록 점점 더 이해할 수 없었다.

형도 도움이 되지 않았다. 형과 이야기할 때면 언제나 같은 말만 되풀이했다.

"너는 아무 걱정도 하지 않아도 돼."

"똑같은 말 듣는 것도 지겨워."

"아빠는 우리 가족의 확실한 후원자가 되기로 했어. 너는 유럽에서 가장 좋은 학교, 가장 좋은 대학에서 계속 공부하게 될 거고……."

"그따위 학교가 뭐가 중요하단 말이야!" 파블로는 폭발했다.

"바보같이 굴지 마!" 이반이 파블로를 야단쳤다. "너는 네가 원하는 삶을 살 수 있어."

"확신해?"

"물론 확신하지."

"하지만 나는 아니야."

"또 바보 같은 소리! 아빠는 언제나 우리를 생각했어. 장담하는데, 우리가 열 번을 다시 태어난다고 해도 미리 알아서 다 준비해 주실 거야."

"그게 문제야."

"아니, 모든 문제의 해결책이야."

"형이 틀렸어. 형이라고 해서 모든 게 다 옳을 수는 없어. 나는 누구라도 내 삶을 미리 알아서 해결해 주기를 원하지 않아. 아빠라 하더라도 말이야."

다른 한편에는 베티나의 가족이 있었다. 아직 모르는 상태였다. 주말에 초대를 받은 뒤로는 머릿속에서 베티나 가족 생각이 떠나지 않았다. 다른 성격이었지만 그 또한 파블로를 불안하게 하는 요인이었다. 베티나처럼 자연스럽게 만남을 마주할 수가 없었다. 잊지 못할 순간이 다가오기를 원했다. 하지만 동시에 그 순간이 두려웠다. 생각만 해도 초조해졌다.

5장

　수요일에 엄마와 전화 통화를 할 때 파블로는 주말에 마드리드에 가고 싶다고 다시 말했다. 엄마와 함께 있고 무슨 일이 일어나는지 설명을 듣고 싶다고 했다. 파블로는 TV 뉴스, 특히 스페인 채널을 매일 보았는데 아버지 사건 이야기뿐이었다. 엄청난 양의 뉴스를 쏟아 냈다. 그 이야기가 나오지 않는 토론 프로그램이 없었다. 언제나 아버지 반대편에 있던 사람들은 명백하게 아버지 죽이기에 나섰고, 여러 해 동안 의회에서 같은 당에 있었거나 사업을 같이했던 사람들도 마찬가지로 아버지를 죽이고 있었다. 모두가 찾던 희생양이 되어 있었다. 시민들이 모두 다른 사람들은 의심할 여지없이 깨끗하다고 생각하도록 아버지에게 나라의 모든 부패를 집중시켰다.

　하지만 파블로는 1,000km도 더 멀리 떨어진 곳에 있었다. 때때로 거리가 사건을 더 냉정하고 객관적으로, 분명하게 바라보게도 하지만, 더 불안하게 하고 더 많은 의심거리를 안겨 주기도 한다. 그래서 파블로는 진실이 사정없이 그를 후려치더라도 직접 그 상황 안에서 살아 보고 싶었다.

"금요일에 마드리드로 가고 싶어요." 파블로가 고집을 피웠다.

만일 엄마가 오라고 한다면 주말에 베티나 집에 가는 일은 취소해야 할 것이다. 물론 엄마의 대답을 미리 알았다.

"안 돼."

"왜 안 돼요?"

"네가 이 사건에 들어오면 안 돼."

"내가 이미 들어갔다고 생각하지 않아요?"

"멀리 있으면 괜찮을 거야."

"무슨 일이 일어났는지 알고 싶어요. 엄마도 보고 싶고."

"나는 괜찮아. 나는…… 힘들지만 침착하게 지내고 있어. 경찰에서 몇 번 진술해야 했지만 네 아버지는 그 어떤 일에도 내가 직접 연관이 없도록 해 놓았어."

"무슨 말이에요?"

"나는 그 어떤 서류에도 서명한 적이 없어. 내가 연관된 서류는 단 한 장도 없어. 공식적으로 나는 완전 가난뱅이야. 나는 아무 쓸모없는 사람일 뿐이야. 아무것도 모르는 바보 같은 아내야." 파블로는 엄마의 마지막 말에서 빈정거리는 느낌을 받았다. "하지만 난 괜찮아. 정말이야. 내가 강하다는 걸 느끼고 있어. 그리고 가족들이 나와 함께 있어."

"나도 엄마 가족이에요."

"네가 가장 중요한 가족이지, 파블로. 그래서 이 사건이 너에게 아무 영향도 주지 않기를 바랄 뿐이야. 전혀! 학교에 남아서 공부를 마쳐. 그게 네가 할 최선의 길이야."

"그럴 거 같지 않아요."

"나를 위해 네가 할 수 있는 최선이야." 엄마가 다시 못을 박았다.

"알았어요."

"이 일은 잊어버리려고 해라."

파블로는 여러 차례 고개를 저었다. 엄마가 요구하는 것은 불가능한 일이었다. 잠시 뒤에 바로 눈앞에 닥친 일에 관해 이야기했다.

"이번 주말에 여자 친구네 집에서 지내게 될 거예요. 친구 부모님과 함께. 초대받았어요."

"같은 학교에 있는 친구니?"

"네, 반 친구예요."

"그렇다면 잘 되었구나. 틀림없이 좋은 친구겠지."

"네, 정말 좋은 친구예요."

"훌륭한 집안의."

"물론이에요." 파블로가 말했다. 그런데 그 순간 훌륭한 집 안이라는 게 도대체 뭘까 하는 생각을 떨쳐 버릴 수 없었다.

"학교에 이야기해야지. 쫓겨나지 않으려면……."

"네, 엄마. 그 정도는 이제 다 알아요."

"뭐 필요한 거 있니?"

파블로가 작은 목소리로 혼자 중얼거렸다.

"필요한 게 정말 많아요."

"뭐라고?"

"아무것도 필요 없다고요."

"아들아, 너를 무척 사랑해. 언제나 네 생각을 하고 있어."

"저도 엄마를 무척 사랑해요."

아버지가 감옥에 갇히자 엄마 생각을 더 많이 하게 되었다. 엄마가 자신을 쓸모없는 존재라거나 바보 같은 아내라고 자학하는 소리를 들은 것은 전혀 새삼스러운 일이 아니었다. 하지만 사실은 그렇지 않았다. 엄마는 생물학과 식품영양학을 공부한 이 분야의 전문가였다. 하지만 엄마가 일하던 마지막 연구소가 문을 닫자 아버지의 뜻을 꺾지 못하고 집에 남게 되었다. 아버지는 언제나 중요한 결정을 혼자 내렸다. 심지어 별로 중요하지 않은 일까지도 나머지 가족들 생각은 하지 않고 자신의 판단을 강요했다. 아버지의 행동 양식이었고 집안에서도 그대로 이어졌다. 나머지 가족들, 특히 더 많은 것을 포기한 그의 아내를 위

축시켰다.

전화를 끊고서 파블로는 엄마의 의견을 무시한 채 마드리드로 가야겠다고 생각했다. 엄마를 끌어안고 엄마와 함께 울고 싶었다. 비록 둘 중 아무도 그 눈물의 진정한 뜻을 알 수 없을지라도 말이다. 엄마를 끌어안고 엄마가 슬퍼하는 소리를 듣고 싶었다. 그 안에는 슬픔보다 더 많은 것이 담겨 있을 테니까. 엄마가 계속 부정할지라도 틀림없이 지금은 파블로에게 엄마가 필요한 것보다 엄마에게 파블로가 더 필요할 것이다.

목요일에 다시 이야기해 봤다.

"내일 학교가 끝나면 비행기를 탈 수 있어요. 그러면……."

"너는 거기에서 절대 움직이지 마." 엄마가 고집스럽게 말을 끊었다.

금요일 새벽에도 이야기해 봤지만 엄마는 날카롭게 반응했다. 어쩔 수 없이 마드리드행은 포기할 수밖에 없었다.

독일로 갈 짐을 꾸렸고 초조하게 출발 시각을 기다렸다.

둘은 점심을 먹지 않고 컨시어지 데스크에서 준비한 도시락을 찾았다. 함께 건물 계단을 내려와서 운동장을 가로질러 정문에 도착했다. 그곳에서는 베티나의 부모님이 그들을 기다렸다. 자동차 밖에서 트렁크를 열고 서 있었다. 파블로가 받은 첫 번째 인상은 무척 젊다는 것이다. 아니면 적어도 젊어 보였다는 것이다. 아마 너무 편안해 보이는 꾸밈없는 옷차림 때문이었던 것 같다.

곧바로 베티나가 소개했다.

"얘가 파블로예요. 내 부모님이야. 괴츠와 빌마."

아마도 그분들 옷차림이나 격식을 차리지 않은 자연스웠던 몸짓 때문이었는지 모르겠다.

하지만 파블로는 그런 세세한 부분까지 신경 쓸 여력이 없었다.

"만나서 반갑습니다."

그와 괴츠는 힘차게 악수했다. 빌마는 볼 키스를 해 주었다.

베티나의 부모는 그들이 차 트렁크에 짐 싣는 것을 도와주었다. 트렁크는 정리가 되지 않았고 거의 꽉 차 있었다. 그러고 나서 곧바로 출발했다.

괴츠는 쉬지 않고 말했다.

"제네바와 로트바일 사이의 거리는 400km야. 하지만 도로가 좋아서 단숨에 갈 수 있어. 반은 내가 운전하고 반은 빌마가 운전할 거야. 오줌 누려고 딱 5분만 멈춰갈 거야."

"아빠!" 베티나가 타박했다.

괴츠가 가볍게 파블로를 돌아보았다.

"이런 식으로 말하는 걸 불편해하지 않았으면 좋겠다."

"아, 아니에요. 전혀요."

"사물을 이름대로 부르는 거야."

"저도 사물을 이름대로 부르는 걸 좋아해요. 네, 오줌 누려고 5분간 멈춰 갈 수 있어요."

빌마가 미소 짓자 베티나는 고개를 저었다.

"경치를 잘 봐. 파블로. 정말 멋지지. 자연이 뿜어져 나오고 있단 말이야. 자연을 좋아하니? 이제는 우리가 자연을 좋아하고 말고의 문제가 아닌 것 같다. 그것보다 훨씬 더 중요한 거지. 자연이 전부야. 자연이 없다면 우리는 아무것도 아니거든. 왜 모든 나라의 정부가 생태 보호에 동의하지 않는지 이해할 수 없구나. 온 사방에 퍼진 이 빛 좀 봐! 하지만 두려워하지는 말아라. 내가 사진 찍겠다고 차를 세우지는 않을 테니까."

파블로는 괴츠가 최근 들어 사진에 관심을 두기 시작했다는 사실을 알고 있었다. 베티나가 이야기해 주었다. 그녀는 자신이 찍은 괴츠가 그린 초상화 두어 점과 컴퓨터에 저장해 둔 몇 장의 사진도 보여 주었다. 베티나에게 어떻게 반응해야 할지 몰라 특이한 것 같다고만 했다. 대체로 사물과 인물이 하나의 피사체로 융합되어 분리할 수 없는 기묘한 형체를 만들어 냈다. 사진 작품 안에서 빛은 놀랄 만한 효과를 냈다.

"베티나가 사진을 몇 장 보여 줬어요."

"그럼 이 경치가 아무리 아름답더라도 내가 찍고 싶은 풍경은 아니라는 걸 알겠네. 지금 전시회를 준비 중인데 올해 말에 베를린에서 열릴 거야. 반은 사진이고 나머지 반은 그림이지. 관심 있다면 집에 가서 보여 줄게."

"네, 좋아요."

"그리고 빌마도 작품을 보여 줄 거야. 빌마는 계속 붓에만 충실하지. 알고 있니? 20년 전에 만난 뒤로 우리는 계속 이야기를 나누고 있어. 빌마가 나보다 훌륭한 화가야. 빌마는 내가 더 훌륭하다고 생각하지만. 우리는 결코 의견의 일치를 보는 적이 없단다. 네 의견을 말해 준다면 재미있을 거야."

파블로는 정말로 난처했다. 그 상황에선 두 사람 중 누구의 작품이 더 나은지, 아니면 누구의 작품이 더 좋은지 이야기할 수는 없을 것 같았다. 물론 그림을 보고 나면 자신의 의견이 생길 것이다. 그렇지만…… 어떻게 괴츠나 빌마의 작품을 선택할 수 있을까? 그것도 두 사람 앞에서.

빌마가 자리에서 몸을 돌려 파블로를 바라보았다.

"이미 알겠지만 우리는 솔직하게 이야기하는 걸 좋아하니까 괴츠에게 언제든 입 좀 다물어 달라고 말해도 돼."

괴츠는 백미러로 파블로를 찾아서 과도하게 어깨를 으쓱해 보였다. 물론 그는 한참 동안 침묵을 지켰다.

파블로와 베티나는 서로 바라보았다. 파블로는 베티나 옆에서 여행하는 것이, 특히 앞으로 며칠 동안 함께 지낼 거라는 사실이 얼마나 행복한지 설명하고 싶었다. 다른 때 같았으면 너무

나도 신이 나서 말 그대로 구름에 떠다닐 지경이었을 것이다. 아니 할머니들이 말씀하시듯 하늘 제일 꼭대기인 일곱 번째 하늘 위에 떠 있는 것 같았을 것이다. 그러나 그 하늘 꼭대기까지 다다를 수 없는 뭔가가 있었다. 여섯 번째, 다섯 번째, 네 번째 하늘도 어려웠다. 그를 땅에 붙잡고 있는 뭔가가 있었다. 그가 절대 찾지 않았던 현실이었다. 불현듯 현실은 멈추게 할 수 없는 눈사태처럼 그를 덮쳤다.

"무슨 생각해?" 베티나가 부모님이 듣지 못하도록 작은 소리로 물었다.

파블로는 어깨를 으쓱했다.

오직 베티나 생각만 하고 싶었다. 눈앞의 주말만 생각하고 싶었다. 사방에 둘러싸인 멋진 풍경만 생각하고 싶었다. 하지만 그럴 수 없었다. 형이 계속 그의 생각 안으로 침입해 들어왔다. 형의 목소리가 들렸고 형이 했던 말이 생각났다. 형이 무슨 뜻으로 그런 말을 한건지 궁금했다.

또 끊임없이 어머니 생각이 났다. 자신의 모습을 되찾으려고 했고, 폭군 같은 남편의 그늘에서 벗어나려고 한 어머니 생각이 났다. 무거운 현실의 돌덩어리 때문에 베티나 손을 잡고 날아갈 수가 없었다. 레만 호수가 삼켜 버렸을 것만 같은 시옹성 감옥 안에 갇혀 있는 아버지의 상상에서 벗어날 수 없었다. 오늘날 관광객이 찍은 사진 같은 성이 아니라 18, 19세기의 오래된 판화에서 본 듯한 감옥이 떠올랐다. 빛도 없고 물도 없는 더러운 오물에 둘러싸인 곳, 아버지의 맨발 사이를 쥐들이 돌아다니는 곳, 다른 죄수의 아우성만 들리는 그런 곳에 있는 아버지가 떠올랐다.

그는 베티나에게 닿을 때까지 좌석 사이로 살며시 손을 미끄러뜨렸다. 피부를 맞댄 느낌만이 가장 따뜻한 사랑의 표현이라고 생각했다.

베티나는 그를 뚫어지게 바라보았다. 그의 눈 속에서 폭풍을 발견하는 것은 어렵지 않았다. 그의 영혼을 어둡게 하는 검은 구름이 그를 덮고 있는 것 같았다. 그녀는 파블로의 옆으로 다가가 그의 어깨에 머리를 기댔다.

오후 5시경 로트바일에 도착했다. 비록 차에서는 조그만 도시밖에 보이지 않았지만 파블로 눈에는 무척 아름답게 보였다. 거의 수직에 가까운 높은 지붕들과 바닥이 열려 있고 꼭대기에 시계가 있는 크고 견고한 시계탑이 그의 눈길을 끌었다.

"마음에 드니?" 괴츠가 물었다.

"네."

"베티나에게 함께 가자고 해. 하지만 도시 주변이 훨씬 더 아름다워."

"베티나가 우리가 교외에 산다고 이미 말했을 텐데." 빌마가 말했다.

"네, 이야기해 주었어요. 그리고 집이 무척 예쁘다고도요."

"빌마 할아버지 할머니의 농장이었어." 괴츠가 긴 설명을 할 구실을 찾아냈다. "집이 거의 폐허 상태여서 우리가 다시 지어야 했지. 당시에는 돈이 많지 않아서 일부 공사는 우리 손으로 직접 했단다. 우리의 필요와 우리의 꿈을 담은 장소로 만들었지."

"우리 작업을 하기에 아주 이상적인 곳이야." 빌마가 덧붙였다.

"우리는 집 밖에서도 일해. 그림과 사진 수업을 하고 창의적인 워크숍도 열고……."

베티나가 자리에서 몸을 일으켜 부모들을 향했다.

"저도 이야기 좀 하게 해 주세요." 항의하는 말투로 말했다.

"알았어. 알았다고!" 괴츠가 손사래를 치며 말했다. "이제 한마디도 더 안 할게. 아! 하지만 개 이야기도 잊지 말아. 틀림없이 좋아할 거야."

"무슨 개요?" 파블로가 참지 못하고 물었다.

"로트와일러라고 들어 본 적 있어?"

"네."

"로트와일러종이 로트바일 태생이야. 로마 시대까지 거슬러 올라가는 무척 오랜 역사를 지닌 견종이야. 목양견이자 또 경비견이기도 해. 자신의 영역과 주인을 다른 어떤 개보다도 잘 지킨단다. 20세기 들어서는 경찰견으로 활약했지. 강하고 튼튼하고 날렵하고 침착하고 충성심이 높고 자신감이 넘쳐서 아무것도 두려워하지 않아."

베티나는 고개를 저었다.

"파블로에게 개 얘기조차 못 하게 해 주시네요." 혼잣말했다.

부모님 지인 중 한 명이 로트와일러를 키웠다. 마드리드 북쪽의 호화로운 동네에 살았는데, 파블로도 그 집 로트와일러와 여러 번 놀아 주었다. 주인이 맡긴 영토를 완벽하게 지키면서 누구든지 허락 없이 접근하지 못하게 하는 로트와일러가 넓은 마당에서 꼬리를 치며 노는 모습을 상상했다. 베티나의 아버지가 묘사한 대로 강하고 튼튼하고 날렵하고 침착하고 충성심이 높은 로트와일러가 한 마리 있었으면 좋겠다고 생각했다. 그와 마음이 통하는 로트와일러가 있다면 지금 이렇게 명령할 텐데.

'누구도 그 무엇도 내 삶을 방해하게 하지 마. 특히 손끝에 행복이 닿아 있는 이 순간에는 더욱. 나에게서 그것을 빼앗아 가려는 사람은 누구든지 물어뜯어. 나를 보살펴 줘. 그게 네 임무야.'

"무슨 생각을 그렇게 해?" 베티나가 조그만 소리로 물었다.

"나도 로트와일러가 한 마리 있으면 좋을 텐데." 파블로도 똑같이 작은 소리로 대답했다.

"우리도 한 마리 있었는데 엄마 아빠가 자주 여행하셔서 동물을 끔찍이도 아끼는 친구분께 보냈어. 그런데 그분이 베를린에 사셔서 볼 수 없다는 게 속상해."

"많이 보고 싶어?"

"응, 그리고 그 녀석도 나를 무척 보고 싶어 할 거야. 크리스마스 때 베를린에 갔었어. 못 본 지 2년이나 돼서 그사이 나도 많이 변했는데, 나를 보자마자 나에게 달려와서 좋아서 어쩔 줄 모르더라고. 그 생각만 하면 눈물이 나."

"우리 언젠가는 로트와일러를 키워야겠다." 파블로가 확신에 차서 말했다.

"맞아."

"뭐라고 이름 지어 줄까?"

"아르고스."

"왜 아르고스야?"

"율리시스가 키운 개의 이름이야. 트로이 전쟁에 참전했던 율리시스가 거지로 변장한 채 이타카로 돌아왔을 때, 아르고스만이 그를 알아봤어. 늙고 병들어 볼품없는 모습이었는데 말이야. 율리시스는 감격해서 눈물을 흘렸어. 아르고스는 20년이나 율리시스를 기다려 왔던 거야. 그리고 마침내 율리시스가 집으로 돌아오자 평화롭게 눈을 감았어."

"우리의 로트와일러 이름은 아르고스야."

첫인상은 놀라움 그 자체였다. 집은 크고 옛 농장의 모습을 뚜렷하게 보존했다. 원래 건축물에 새로운 부분이 더해졌다는 사실이 눈에 보였다. 전통과 자연 그리고 현대가 완벽히 공존하면서도 그러나 결코 인위적이지 않은 조화를 이루었다. 가장 인상적이었던 점은 무성한 초목에 둘러싸인 자연 한가운데 자리 잡았다는 점이었다. 가까이에 다른 건물이 있어 고립된 것은 아니었지만, 일단 그곳에 들어가면 외부 세계가 갑자기 사라진 것처럼 느껴졌다.

자동차에서 내리자마자 베티나는 파블로 손을 잡고 끌어당겼다.

"제가 안내할 거예요." 엄마 아빠에게 말했다.

"좋아." 괴츠가 대답했다. "나는 짐을 옮길게. 아! 30분 뒤에 저녁 먹자. 나 배고파 죽을 지경이야."

둘은 집을 한 바퀴 둘러보았다. 집 안 내부는 무척 단순했다. 천장이 높고 내부의 모든 측면이 통유리로 되어 있어서 빛이 충분히 들어오는 갤러리 같은 느낌을 주었다. 이 점이 파블로에게는 신선하게 느껴졌다. 명확하게 나뉘지 않은 두 개의 공간이 있었다.

"여기서 우리 엄마 아빠가 작업하셔." 베티나가 설명했다. "엄마 아빠 각각 자신의 세계를 만든 거야."

"네 부모님은…… 다르신 것 같아."

"나는 그렇게 느끼지는 않아."

"한 번도 예술가의 집에 가 본 적이 없어." 파블로는 호기심이 어린 눈길로 그 공간을 관찰했다. 신비롭고 마술적인 분위기였다.

몇몇 그림이 벽에 걸려 있었고 또 바닥에 있는 그림들도 있었다. 벽에 기대 놓은 그림도 있었다. 괴츠의 사진들도 마찬가지였다. 이젤들이 있었고 모든 이젤 위에 그리다 만 캔버스들이 있었다. 그리고 여러 개의 작업 테이블에 종이와 연필과 붓이 들어 있는 도자기로 된 연필통들, 여러 색의 물감이 담긴 팔레트, 물감 튜브 등이 늘어져 있었다. 또 여러 대의 컴퓨터가 있었다. 모두가 얼룩져 있었지만, 그곳이 더럽다는 느낌은 전혀 안들었다. 오히려 캔버스에서만 발견되는 것이 아닌 모든 얼룩과 색깔은 대단히 깨끗하고 조화로운 느낌을 주었다.

"나는 예술가들의 집에서 평생 살아왔는데." 베티나가 웃었다.

"좋겠다."

파블로는 자신을 보호해 줄 로트와일러가 다시 그리워졌다. 왜냐하면 사실 바로 앞에 있는 행복 앞에 장벽을 치는 것이 바로 그의 생각이기 때문이었다. 머릿속에 맴도는 생각 때문에 그는 인생에서 가장 행복했을 이번 주말을 즐기지 못하고 있었다.

베티나처럼 행동할 수 있을지 생각해 보았다. 즉, 마드리드에 있는 그의 집에서 며칠 동안 함께 지내자고 그녀를 초대할 수 있을지 말이다. 어쩔 수 없이 고개를 저었다. 순간 눈을 감았다. 눈꺼풀의 커튼 뒤로 그 대답이 숨겨지기를 바라면서.

넓은 거실에서 저녁 식사를 했다. 괴츠가 벽난로에 불을 지폈다. 장작을 충분히 쌓아 놓아서 불꽃이 높이 피어올랐다. 날이 춥지 않았지만 따뜻한 열기에 감사했다. 마드리드에서 5월에 벽난로에 불을 피운다는 건 있을 수 없는 일이었다. 그러나 여기는 마드리드가 아니라 로트바일이었다.

낮은 식탁에 여러 개의 음식이 놓인 편안한 식사였다. 두 종류의 샐러드, 여러 종류의 치즈와 소시지가 있었다. 자리에 앉기 전에 빌마가 음악을 틀었다. 파블로가 주변을 둘러보았다. TV가 없었다. 이 집에 TV가 없다는 것을 상상하고는 기분이 좋아졌다. 로트바일이라는 멋진 곳 교외에서 TV 없이 산다는 건 얼마나 멋진 일인가. 이상하게도 파블로는 도착하자마자 휴대폰을 무음으로 해 놓았다. 잘 지낸다는 문자를 엄마에게 보내고 난 뒤였다. 주말 내내 무음으로 해 놓고 지낼 작정이었다. 모든 것을 잊고 이 특별한 시간을 즐길 수 있을까?

토요일과 일요일은 파블로에게 정말로 경이로운 이틀이었다. 베티나는 로트바일의 아름다운 곳들을 파블로에게 보여 주는 일을 맡았다. 주로 집 주변이었다. 부모님이 기사 역할을 해야 했기 때문에 여러 곳을 함께 다녔다. 전혀 불편하지 않았다. 베티나의 부모님은 적절한 순간에 사라져 주었다. 더 좋았던 것은 함께 다니는 시간 중 대부분 자리를 피해 주었다는 점이다.

각자 자신의 방식대로 시간을 보냈다. 빌마는 책과 메모할 노트를 들고 갔다. 편안한 자리를 찾아 담요를 깔고 풀 위에 누웠다.

괴츠는 언제나 카메라를 들고 나섰고 아주 작은 사물들을 사진 찍으면서 시간을 보냈다. 괴츠는 우리가 대부분 알아차리지 못하고 지나치는 이러한 것들이 그의 다음 전시회 때 가장 흥미로운 부분이라고 파블로에게 설명했다.

"재미있게 보내." 괴츠가 말했다. "식사 시간에 만나자."

하지만 파블로에게 그날들이 잊을 수 없는 순간이 된 건 무엇보다 베티나 때문이었다. 매 순간 눈부신 베티나는 지구상에서 가장 놀랍도록 아름답다는 사실을 확인시켜 주었다. 학교 밖에서 그 어떤 규율에도 얽매이지 않고 함께 있는 시간은 행복했다. 그러나 베티나의 집에, 베티나의 나라에, 베티나의 가족과 함께, 베티나가 속해 있는 세계에 함께 있다는 사실은 믿을 수 없을 만큼 놀라웠다. 너무 좋았고 너무 행복했다. 1분 1초가 영원이 되도록 모든 순간과 느낌을 꽉 붙잡으려고 했다.

그들은 호숫가에 앉았다.

"내 미래를 바라보면 너만 보여." 파블로가 한숨지었다.

한참 전부터 머릿속에 떠돌면서 다른 생각을 못 하게 하고 마음 졸이게 했던 모든 유령을 몰아내는 데 성공했다.

"나도 그래." 베티나가 말했다. "너는 언제나 내 계획 속에, 내 꿈속에, 내 세계에 나타나. 이제는 너를 없앨 수 없을 것 같아."

"그래서 좋아?"

"많이."

"나도 네가 없는 내 삶을 상상할 수 없어. 지금, 이 순간 내 삶이……."

유령들은 무자비했다. 조그만 틈만 생겨도 언제라도 다시 침입해 들어온다. 베티나가 알아차리고 그 생각을 떨쳐 버리게 해 주려고 했다.

"호수 표면에 산이 비치는 모습, 구름으로 가득한 찬 하늘, 바람에 흔들리는 나무들을 바라보는 게 정말 좋아. 여기는 내가 좋아하는 곳 중 하나야. 여기 앉아서 몇 시간씩 시간을 보내곤 했어. 때때로 호수에 비치는 모습이 현실이고, 현실의 모습이 호수에 비친 거라는 생각이 들기도 해."

"하지만 현실은 언제나 현실로 끝이 나지."

베티나가 고개를 저었다. 유령들을 몰아내는 데 성공하지 못했다.

"내가 더 어렸을 때 바로 이 자리에 앉아서 무슨 생각을 했는지 알아?"

"무슨 생각을 했는데?"

"언젠가 내가 좋아하는 남자 친구와 여기에 앉아 있을 거라는 생각."

파블로가 베티나를 바라보았다. 마침내 베티나의 눈이 유령들을 몰아냈다. 둘은 서로 끌어안았다. 이보다 더 달콤한 포옹이 있을까?

"이미 오래전에 나는 너를 좋아하기를 그만두었어." 파블로가 키스한 다음에 말했다. "지금 나는 너를 사랑해."

"너 사랑에 빠졌던 적 있어?"

"없어."

"그러면 나를 사랑한다는 걸 어떻게 알아?"

"그건 저절로 아는 거야. 누가 설명해 줄 필요가 없는 거야."

"맞아. 설명이 필요 없어. 나도 너를 사랑해."

6장

월요일 오전에 그들은 베티나의 부모님과 함께 로트바일 시내로 갔다. 산책하고 상점을 둘러보았다. 12시엔 사도들의 분수와 옛 시청 건물 옆의 야외 카페에서 식사했다. 도시의 중심지였다. 그리고 나서 괴츠와 빌마는 두 사람을 기차역까지 데려다주었다. 오베른도르프와 제네바를 운행하는 기차를 타기로 했다.

파블로는 베티나의 부모님에게 그들의 집에서 얼마나 편안하게 잘 지냈는지, 얼마나 멋진 주말을 보냈는지 표현하고 싶었다. 첫 방문이라고는 믿어지지 않을 만큼, 평생 알고 지냈던 사이였던 것만큼 정말 좋았다고 말하고 싶었다.

"정말 감사해요." 하지만 조금 긴장해서 이렇게만 겨우 말했다.

괴츠는 습관대로 힘차게 손을 잡아 주었다. 빌마는 뺨에 입을 맞춰 주었다. 의례적인 인사였다. 베티나와는 훨씬 더 애정이 넘치는 인사를 주고받았다. 충고나 잔소리는 전혀 없었다. 이제 성인이 되었다고 생각하는 것이 분명했다. 그래서 매 순간 베티나 뜻대로 결정하고 행동할 자유를 준 것 같았다. 그 생각은 그 유명한 라이트너 르 브룅 학교의 이상과 딱 맞았다. 그는 이제 왜 부자도 아닌 그들이 수업과 워크숍으로 추가 수입을 벌면서까지 딸이 그곳에서 공부하기를 원했는지 더 잘 이해할 수 있었다. 자신이 베티나와 같은 자유를 한 번이라도 누려본 적이 있었던가 생각했다. 언제나 부모님이 결정한 대로 따라왔다. 공부할 학교를 선택할 때에도 마찬가지였다. 대부분 아버지 뜻대로 결정했다. 그리고 아버지가 라이트너 르 브룅 학교를 선택한 이유도 괴츠와 빌마를 움직인 동기와는 아무런 관련이 없다고 확신했다.

기차는 정시에 로트바일 역에 도착했다. 단 몇 분만 멈춘다. 그래서 몇 호 차를 타야 할지 알게 되자 단 1분도 지체하지 않고 바로 기차에 올랐다. 월요일 오후라 기차에 사람이 많지 않았고 빈자리가 많았다. 좌석을 찾았다. 자리에 앉고 나서 파블로는 승강장에서 베티나의 부모를 찾았다.

"벌써 가셨나 봐." 아무리 둘러봐도 찾을 수 없었다.

"물론이야." 베티나가 당연하다는 듯 대답했다.

스페인에서 부모들은 기차가 출발할 때까지 항상 승강장에 남아 있다. 심지어 그들은 기차를 따라 몇 걸음 걸으며 작별의 표시로 손을 흔들기도 한다.

"17시 42분에 제네바에 도착할 거야." 베티나가 기차표를 보고 나서 말했다. "기차에서 한참을 보낼 수 있어."

파블로가 웃었다. 기차에서 보내는 시간은 정말 기분 좋은 시간이 될 것 같았다. 처음으로 정말 많은 것을 경험했다. 그리고 모든 경험이 멋지고 감동적이었다. 기억 속에 잘 담아 보려고 했다. 베티나와 지낸 첫 주말, 그녀의 부모님과 집을 알게 된 것, 그녀와 함께하는 첫 장거리 기차 여행……

베티나의 어깨에 머리를 기댔다.

"정말 좋았어."

잠이 들지는 않았지만 꿈꾸는 것 같았다. 기차는 짙은 구름 사이로 들어갔다. 기차 안까지 하얀 솜 같은 구름이 스며들어왔다. 모든 소리가 멈췄고 기차는 신비롭게도 텅 비었다. 베티나와 파블로만이 손을 꼭 잡고 상대에게 기댄 채 앉아 있었다. 그는 기차가 어디를 지나는지 몰랐고 신경 쓰지 않았다. 하지만 출발지와 목적지는 분명히 알고 있었다. 무척 기분 좋은 느낌이었다.

기차 천장에 매달린 모니터에서 나오는 영상을 보고 꿈에서 깨어났다.

"영화 보고 싶어?" 베티나가 물었다.

"아니, 여행하는 게 더 좋아."

"한 번에 두 가지를 다 할 수 있잖아."

"나는 이 여행을 즐기고 싶어. 기차와 풍경과…… 너를 바라보는 게 더 좋아."

"나를 바라보다가 지쳐 버릴걸."

"절대로 그런 일은 없을 거야."

베티나도 잠시 생각하다가 파블로의 말대로 여행을 즐기기로 했다. 파블로에게 더 가까이 다가갔다.

"나도 너를 바라보고 네가 내 옆에 있다는 걸 느끼는 게 더 좋아."

베티나의 긴 금발을 쓰다듬으면서 파블로는 베티나의 부모님이 파블로의 부모님에 관해 한마디도 언급하지 않았다는 사실을 기억해 냈다. 그 어떤 질문이나 언급, 암시도 없었다. 아무 말도 없었다. 스페인 생활에 대한 모든 이야기를 피했다. 틀림없이 파블로의 상황을 모르지 않았을 것이다. 아버지에 관한 뉴스는 전 유럽의 신문 방송에 퍼져 나갔고, 게다가 베티나가 이야기하지 않았을 리가 없었다. 단순한 호기심으로라도 그들은 조금이라도 더 뉴스에 귀를 기울였을 것이고 더 많은 사실을 알게 되었을 것이다. 딸의 스페인 남자 친구의 아버지가 무척 심각한 범죄에 연루되어서 감옥에 있다는 사실을 알았을 것이다. 무척 심각한 범죄! 어렸을 때부터 범죄에는 두 가지 종류, 그러니까 도둑질과 살인만이 있다고 생각했다. 다른 범죄는 모두 거기에서 비롯된 것이라고. 그러나 사건을 깊이 이해하려고 노력하다 보면 모든 것은 훨씬 더 복잡했다. 그리고 변호사나 검사, 판사는 도저히 이해할 수 없는 언어를 사용했다.

"도둑질 또는 살인" 파블로가 중얼거렸다.

"뭐라고?" 베티나가 물었다.

"아무것도 아니야. 혼잣말이었어."

'범죄는 수천 가지 방식으로 불릴 수 있어. 하지만 근본을 살펴보면 결국은 도둑질이나 살인이야.' 이번에는 그의 생각이 밖으로 드러나지 않도록 조심했다. '아버지에 관해 말하는 것들이 사실이라면, 아버지는…… 도둑일까?'

온몸에 소름이 돋았다. 베티나도 그걸 알아챘다.

"무슨 일이야?" 베티나가 물었다.

"아니야." 파블로는 거짓말했다.

끔찍한 의심은 다시 몰려왔고 그에게 동정심을 보이지 않았다.

네 시간 뒤에 제네바에 도착했다. 서두르면 학교 앞까지 가는 버스를 탈 수 있었다. 만일 이번 버스를 놓친다면 다음 버스가 올 때까지 한 시간을 기다려야 했다. 그래서 어깨에 가방을 메고 한달음에 기차역을 빠져나왔다. 그리고 버스 정류장까지 달렸다. 뛰어온 보람이 있었다. 5분이나 시간이 남아서 짐을 내려놓고 한숨을 돌릴 수 있었다.

낯익은 버스가 보였다. 이제 호수, 학교, 수업 등 익숙한 일 상으로 돌아가야 한다. 동시에 파블로는 어떻게 행동해야 할지 모르는 불안, 당황, 두려움으로 돌아가는 것을 뜻했다. 베티나가 그 어느 때보다 가까이 그의 곁에 있었다. 그것은 그의 인생에 서 가장 중요했다. 그가 잡아야 할 구명줄 이상이었다. 항해를 끝내고 남은 생을 정착하기 위해 내려야 할 섬 그 자체였다.

버스가 제네바의 마지막 변두리 지역을 뒤로하고 달렸다. 레 만 호수가 알프스산맥의 웅장한 품 안에서 빛을 발하고 모습을 드러냈을 때 주머니에 무음 상태로 있었던 휴대폰 생각이 났다. 휴대폰을 꺼냈다. 불빛이 반짝였다. 받지 않은 전화와 읽지 않 은 메시지가 있다는 표시였다. 소리가 나게 하지 않고 진동으로 바꿔 놓았다. 누구에서 온 전화와 메시지였는지 알고 싶지 않았 다. 뭔가 중요한 일이었다면 다시 전화를 걸어 올 것이다.

저녁 식사 시간에 학교에 도착했다. 두 사람은 배가 고파서 컨시어지에 가방을 맡겨 놓고 1분도 허비하지 않고 식당으로 갔다. 둘이 함께 들어가니 수많은 친구의 눈길이 느껴졌다. 도 미노 현상이었다. 누군가가 그들을 바라보았다. 그 시선이 옆 으로, 옆으로, 또 옆으로 옮겨갔다. 주목받는다고 생각하니 파 블로는 기분이 좋아졌다. 베티나와 관계가 아주 좋다고 공적 으로 확인받는 것 같았다. 그 순간 이후 누가 그 사실을 의심할 수 있겠는가?

몇몇 친구와 인사를 나누고 음식을 받으러 갔다. 식판을 꽉 채워서 빈자리로 갔다. 여럿이 함께하는 큰 식탁을 피했다. 번잡한 식당 한가운데였지만 계속 단둘이 있고 싶었다.

음식을 먹자마자 주머니에서 휴대폰이 울렸다. 곧바로 휴대폰을 꺼냈다. 화면에 '엄마'라고 떴다. 엄격한 학교 규칙은 식당에서 전화를 받으면 안 되게 되어 있었다. 베티나에게 이야기했다.

"우리 엄마야. 전화받고 곧 돌아올게."

파블로는 식당을 나갔다. 현관을 나가자마자 전화를 받았다.

"엄마."

"걱정했어. 여러 차례 전화했는데."

"방금 막 학교로 돌아왔어요. 우리가 있던 곳에 전화가 잘 안 터져서."

"잘 지냈니?"

"아주 잘 지냈어요."

"다행이구나."

"엄마는요? 어때요?"

"나는 괜찮아."

그곳에 아무도 없었지만 현관 앞이 불편하게 느껴져서 운동장으로 나갔다.

"엄마가 제일 중요해요."

"아니야, 제일 중요한 사람은 너야, 파블로. 그 사실을 확실하게 알아야 해. 지금 나에게 가장 분명한 사실은 그것뿐이야."

"무슨 말씀이세요?"

"너는 몰라도 돼."

"엄마, 그런 식 말투는 못 참겠어요!" 파블로의 목소리가 높아졌다. "지금은 우리 가족 전체의 문제예요! 저에게는 제대로 알려 주지도 않고 대충 얼버무리는 거 끔찍해요……!"

"알려 줄게." 엄마가 말을 끊었다. "나쁜 소식이 있어."

파블로는 깜짝 놀랐다. 아직도 더 나쁜 소식이 남아 있단 말인가?

"무슨 일이에요?"

"네 아버지에게 또 고소가 들어왔어. 다른 일들이 터졌어. 새로운 서류가 다른 사람들 손에 들어갔고 모든 게 드러나고 있어. 게다가 몇몇 사람이 겁이 나서 입을 열었어."

"무슨 말인지 하나도 모르겠어요. 아무것도 이해가 안 돼요."

"이해하지 못하는 편이 나아. 엄마를 믿어."

"내가 좀 더 가까이 마드리드에 함께 있다면……."

"안 돼! 절대 안 돼! 너만이 우리 가족 중에 유일하게 깨끗한 사람이야. 그렇게 지내야 해."

파블로는 잠시 생각한 뒤, 결정적인 질문을 했다.

"그 말은 다른 가족들은 깨끗하지 않다는 뜻인가요?"

"네가 아무것도 모르는 채 사는 게 낫다고 생각했어." 엄마는 답을 피해 갔다. "내 자리가 밖에서 보기에는 정말 편안해 보였다는 걸 잘 알아. 하지만 너에게 맹세코 내 삶은 그렇지 않았어."

"저에게 대답하지 않았어요!" 파블로는 다시 목소리를 높였다.

"네 아버지에 대한 혐의가 점점 더 무거워지고 있어."

"무슨 뜻이에요?"

"우리가 기대했던 대로 감옥에서 바로 출소하지 못할 것 같다."

파블로는 고개를 저었다. 그 몸짓은 단순한 몸짓이 아니라 진심 어린 비난이었다.

"제가 알고 싶은 것은 그게 아니에요. 제가 잠을 못 자고 걱정하는 건 그게 아니라고요. 단 한 번이라도 제가 듣고 싶은 말은 그 혐의들이 '사실인가, 아닌가'예요. 아빠에게 죄가 있는 거예요? 아니면 무죄예요? 새로 나왔다는 서류들이 무엇의 증거예요? 지금까지 입을 열지 않았던 사람들이 무슨 증언을 했다는 거예요? 제가 알고 싶은 건 진실이에요. 제가 알고 싶은 건 내 아버지가⋯⋯."

파블로가 마지막 단어를 입에 올리기 전에 멈췄다. 그의 어머니는 틈을 주지 않고 외운 것 같은 연설을 다시 시작했다.

"네가 가장 중요해, 아들아. 그걸 분명히 알아야 해. 아주 분명히. 너는 이 모든 일에서 빠져야 해."

"불가능한 일을 저에게 요구하지 말아요, 엄마."

"가족 중에 깨끗한 사람은 너뿐이야." 엄마가 같은 말을 또 했다.

파블로는 같은 말을 자꾸 들으면서 절망했다. 그에게 진실을 말해 주는 것이 그토록 어려운 일일까?

"제가 마드리드로 갈게요."

"안 돼!" 어머니가 온 힘을 주어 말했다. "절대 안 돼!"

"제가 마드리드로 가야 해요."

"이제 너는 단 하루도 학교를 떠나서는 안 돼. 공부에 집중해. 학기가 끝나면 그때 생각해 보자. 그때쯤이면 모든 것이 조금은 더 정리됐을 거야."

파블로는 대화를 계속하는 것이 소용없다는 것을 깨닫고 통화를 끝내기로 했다.

"저는 괜찮아요, 엄마." 연극을 하듯이 말했다. "학교도 좋아요, 엄마. 공부도 잘돼요, 엄마. 여기는 모든 것이 다 좋아요."

"그러면 됐다, 파블로."

"내일 통화해요, 엄마."

식당으로 돌아왔다. 베티나가 그를 기다렸다. 베티나의 금발은 자신이 붙잡아야 할, 아름다운 소망을 향해 가는 마법으로 빛나는 사다리처럼 보였다.

"괜찮아?" 베티나가 이미 괜찮지 않다는 것을 알면서도 그에게 물었다.

"라푼젤 이야기 알지?" 갑자기 파블로가 물었다.

"응, 내가 어렸을 때 정말 좋아했던 이야기야. 그때는 내가 언젠가 성 높은 곳에 갇히게 된다면 나도 긴 머리카락을 늘어뜨려서 왕자가 그 머리카락을 타고 올라와 나를 구해 줄 거라고 생각했어. 그보다 더 아름다운 일이 있겠어? 왕자가 나를 구하려고 내 머리카락을 타고 올라오는 것보다."

"왕자가 너를 구해 줄 필요는 없어. 하지만 그 왕자는 달아나려고, 도망치려고 네 머리카락을 잡고 싶어 할 거야……."

"무엇에서 도망쳐?"

"악몽이나 마법사의 저주에서. 아니면 나쁜 현실에서. 때때로 현실도 몹시 나쁘니까. 아니면 그냥 몸을 웅크리고 울 만한 곳을 찾는지도 모르지."

"왕자는 왜 울고 싶어 하는데?"

"왜냐하면 눈이 멀었으니까. 옛이야기에 나오는 왕자는 가시에 눈이 찔려서 눈이 멀거든."

"나를 구하러 오든, 네가 숨으러 오든, 아니면 달아나기 위해서든, 울기 위해서든 언제든 내 머리카락을 타고 올라와."

베티나는 파블로의 생각을 모두 읽은 것 같았다.

"고마워." 파블로가 감격에 겨워 말했다.

"내 눈물이 네 눈 위에 떨어져서 네가 다시 빛을 볼 거라는 사실을 기억해."

휴대폰이 다시 파블로의 주머니에서 울렸다. 베티나가 받으라고 손짓을 했다. 주머니에서 휴대폰을 꺼내 보고는 고개를 저었다. 화면에 '이반'이라고 나타났다.

휴대폰을 무음으로 해 놓고 전화를 받지 않으려고 했다. 아니면 꺼 버리려고 했다.

"형이야." 베티나에게 말했다.

"받아."

"무슨 말 할지 알아."

"그래도. 받아 봐."

몇 분 전에 했던 것처럼 폰을 들고 식당 밖으로 나갔다. 이번에는 현관 앞에 멈추지 않고 바로 운동장으로 나갔다. 시간이 지체되자 전화가 끊어졌다. 파블로가 다시 걸었다.

"녀석, 너 어디 있었어?" 형의 인사는 나무라는 말투였다. "내가 수없이 전화했잖아."

"무슨 일인지 이미 알아." 파블로는 더는 따지고 싶지 않았다.

"엄마가 일이 더 복잡해졌다고 말씀해 주셨어."

"예상치 못한 일이 일어났고 배신자가 본색을 드러냈어."

"엄마는…….."

"무슨 일이 일어나는지 엄마가 아는 건 좋지 않아."

"왜?"

"아빠가 그렇게 결정했어."

"형은 무슨 일이 일어나는지 누구는 알아야 하고 누구는 몰라야 하는지 아빠가 결정해도 된다고 생각해? 엄마는 많은 걸 알고 계셔. 틀림없어. 엄마는 바보가 아니야. 비록 그 역할을 받아들였지만 말이야."

"나는 그렇게 말 안 했어."

"그럼 형은 무슨 상황인지 알아?" 파블로의 질문은 도전적이었다.

"아빠 다음으로 모든 걸 다 아는 사람이 나야. 언제 어떻게 행동해야 하는지 안다고."

"그러면 다른 이야기하기 전에 한 가지만 말해 줘. 아빠는 유죄야? 무죄야?"

"헛소리 소리 그만해. 지금 우리가 걱정해야 하는 건 일을 바로잡는 거야."

"하지만 카민스키가 자기 아버지를 아는 것처럼 나도 알고 싶은 거야."

"카민스키가 누구야?" 갑자기 이반이 당황하는 눈치였다.

"전에 우리 학교에서 만난 친구. 아버지가 폴란드에서 유력

한 마피아였어. 카민스키는 그 사실을 알았고 받아들였어."

"야, 독일 여행하고 와서 머리가 어떻게 된 거 아냐? 구름에서 그만 내려와. 너 아이가 아니라고 여러 번 말했지? 좋아, 이제 증명할 때가 왔어. 내가 심각한 얘기할 때는 잠꼬대 같은 소리 하지 마."

"아빠가 유죄인지 무죄인지 아는 건 나에게 아주 중요한 문제야."

"이미 말했다!" 이반이 이성을 잃은 것 같았다. "아무도 그 질문에 대답하지 않을 거야! 너 스스로 대답을 찾아야 해. 너한테 가장 이로운 대답을 선택하라고. 이제 내 말을 잘 들어."

"잘 듣고 있어."

"우리가 생각했던 대로 일이 풀리지 않았어."

"우리가 누군데?"

"아빠와 나, 그리고 우리 편인 다른 사람들."

"다른 사람 누구?"

"너 자꾸 어린애처럼 답답하게 굴 거냐!" 이반이 폭발했다. "내 말을 좀 들어 보라고! 내 말을 알아들어야 한단 말이야!"

"듣고 있다니까."

"그럼 다시는 바보 같은 질문하지 마!"

파블로는 또 다른 질문을 하려다 참았다. 입을 다무는 편이 나을 것이다. 그리고 무엇보다 들어야 한다. 들어야 한다. 그 말이 가장 중요한 말이 되어 버렸다. 듣고 생각하고 자신의 결론, 즉 진실에 다가가야 한다.

"듣고 있어." 이렇게만 말했다.

"내일 나 마드리드로 간다."

"그럼 나도 함께 갈래. 나도 마드리드에 가고 싶어."

"안 돼! 그건 계획에 없어!"

"계획이 뭔데?" 파블로가 새로운 질문을 했지만 이번에는 형이 신경 쓰는 것 같지 않았다.

"너는 여기 있어야 해. 우리 가족을 위해 네가 여기 있는 게 매우 중요해."

"우리 가족을 위하는 것과 무슨 상관이……?"

"스페인 전역의 모든 언론이 아빠 사건을 쉬지 않고 보도해. 썩어 빠진 족속들이야. 자기들 마음대로 취재하고 아무 데서나 큰 소리로 떠들어. 아직 판사들이 입을 열지도 않았는데 그들이 멋대로 판결한다고. 아빠는 모든 사람 입에 오르내리고 있어. 게다가 남은 가족인 엄마와 나까지도."

"나는?" 파블로는 궁금했다.

"너도 우리 가족인 걸 모두 알아. 하지만 아무도 네 이야기는 하지 않아. 네가 어디에 있는지조차 몰라. 너는 미성년자야. 아직 열여덟 살도 안 됐잖아."

"이제 얼마 안 남았어. 반년만 더 있으면 12월에……."

"네 생일이 언제인지 확실하게 알아! 내 말을 들어!"

"계속해 봐."

"그림자. 지금으로서는 너에게 가장 좋은 자리야. 그리고 우리 모두를 위해서. 그림자 안에 있으면 아무도 모르게 행동할 수 있어."

"무슨 말이야?"

"더 말할 수 없어. 하지만 너도 행동해야 할 수도 있어. 그러면 우리 모두의 미래는 네 손에 달리게 되는 거야."

"하나도 못 알아듣겠어."

"알고 있어."

"그럼 설명해 줘."

"더는 안 돼. 왜냐하면 나도 우리가 뭘 하게 될지 모르거든. 마드리드에 가서 결정할 거야."

"나만 혼자 여기 남겨두는 건 불공평해."

"너는 혼자가 아니야."

형의 마지막 말을 듣고서 그 대화에서 완전히 빠져나올 수 있었다. 아무것도 분명하게 알아낼 수 없는 대화였다. 그랬다. 형의 말 중에 맞는 말도 있었다. 난 혼자가 아니었다. 베티나가 학교 안에서 기다렸다. 베티나와 베티나의 가족과 함께 주말을 지냈다. 둘은 사랑에 빠졌다.

"또 이야기하자, 꼬맹아."

"12월이면 나도 열여덟 살이 돼."

"알았어. 다시는 그렇게 부르지 않을게."

식당으로 들어가려고 했다. 그런데 베티나가 문 앞에 있었다. 냅킨으로 덮은 접시를 들고 있었다.

"저녁 식사 시간이 끝났어. 먹을 거 조금 챙겼어."

그랬다. 정말 혼자가 아니었다.

7장

　날이 갈수록 파블로는 점점 더 불안해졌고 의심의 바다는 너무 깊고 너무 사나워져서 꼭 바닷속에서 빠져 죽을 것만 같았다. 가장 중요한 문제였던 아버지의 유죄냐 무죄냐에 대한 의심뿐만 아니라 자신에 대한 의심, 자신의 태도에 대한 문제도 떠올랐다. 뭔가 결정을 내릴 능력이 없다고 느꼈다. 왜냐하면 가족의 지배를 과도하게 받았기 때문이다. 단 한 번도 결정을 내릴 최소한의 권리를 누려보지 못했다. 한편으로는 어쩔 수 없이 이 일과 거리를 유지했다. 하지만 또 다른 한편으로는 한순간도 생각을 떨쳐 버릴 수 없어서 잠들지 못했을 뿐 아니라 더 많은 일을 의식하게 될 만큼 하나의 강박으로 변해 버렸다. 수업 시간에도 그 생각에서 벗어날 수 없어서 최소한의 집중도 할 수 없었다. 더 예민해졌고 무엇보다 친구들과 대화도 나누기 어려웠다. 머릿속이 너무나 복잡해서 바로 얼마 전까지만 해도 베티나와 나누었던 단순한 대화도 말로 표현하기 어려워졌다.

"왜 네 안에 너를 가두는 거야?" 베티나가 여러 차례 말했다.

"그런 거 아니야." 분명하게 아니라고 말했다.

"아니, 그러고 있어. 특히 나한테까지 그러면 불편해. 부정한다고 뭐가 바뀌는 게 아니야."

파블로는 베티나에게 마음을 열었다고 생각했다. 베티나가 아니면 누구에게 마음을 열겠는가? 마음속에 들끓는 모든 것을, 그의 존재를 괴롭히는 모든 것을 이야기하겠다고 생각했다. 그러나 어디서부터 시작해야 하지? 너무 복잡했다. 무엇보다 스스로 느끼는 혼란이 너무 커서 적절한 길을 찾을 수 없었다.

"소설을 하나 써야 할 것 같아." 중얼거렸다.

"그럼 소설을 써." 베티나가 말했다.

"나는 작가가 아니야."

"꼭 작가일 필요는 없어. 너만을 위해 쓰는 거야. 게다가 지금 우리가 있는 환경도 너를 도와줄 거야."

"어떤 점이?"

"그러니까 전에도 이 주변이 다른 사람들을 도와주었던 것 같아. 우리가 디오다티 마을에 갔던 거 생각나? 어쩌면 기억 못 할 수도 있겠구나. 바로 그날 우리가 현장학습을 하기 전에 교장 선생님께서 너를 찾으러 와서 학교로 돌아가야 했으니까……."

"현장학습은 못 했지만 확실히 기억해." 파블로가 말했다. "디오다티 마을에 로드 바이런과 그의 친구들이 갔었다는 사실도 알고 있어. 거기서 메리 셸리가 『프랑켄슈타인』을 썼다고. 나쁘지 않겠네. 내가 글을 쓸 수 있다면 아마 다른 괴물 이야기가 나오겠다."

"그러면 그 새로운 괴물은 누구일까?"

"나지."

"왜 너야?" 베티나가 이상하게 생각하고 물었다.

"셸리의 소설에서 괴물은 빅토르 프랑켄슈타인 박사의 연구 결과물이야. 나는 비록 나사도 없고 온몸에 상처 자국도 없고 키가 2m 50cm까지 되지도 않지만, 나 역시 내가 찾지도, 원하지도 않던 결과물이니까."

"그렇다면 그 소설은 쓰지 않는 편이 낫겠다." 베티나가 웃었다.

"나도 그렇게 생각해."

"파블로, 나를 믿어 줘."

"내가 너를 믿지 않는 것 같아?"

"때때로 그런 생각이 들어. 내가 너에게 다가가려고 하는데 네가 우리 사이에 담을 쌓는 것처럼 느껴져."

"그렇지 않아."

"나는 그렇게 느껴져."

"그렇다면 네가 잘못 생각한 거야."

"왜 내가 잘못 생각한 사람이 되어야 하지? 왜 내 말이 틀렸다고 확신해?"

"나는 그렇게 말하지 않았어."

"너의 태도가 그래."

"나를 더 힘들게 하지 말아 줘."

"그러려는 게 아니야."

"그럼 나를 좀 가만히 내버려둬."

"그게 네가 원하는 거야?"

"응."

베티나는 무척 화가 나서 몸을 돌려 고개를 저으며 파블로에게서 멀어졌다. 수없이 들어왔던 대로 문제는 그 문제만으로 끝나는 것이 아니다. 그 말이 논리적이다. 하나의 문제는 언제나 또 다른 문제를 만들어 내고 계속해서 다른 문제를 불러온다. 방금 그 사실을 확인했다. 그 순간 베티나에게는 화를 내지 않기만을, 베티나에게서는 멀어지지 않기만을 원했다. 그런데도 그런 일이 일어나고야 말았다.

파블로는 학교 건물을 둘러싼 정원을 혼자 걷다가, 돌보지 않아 야생화가 무성한 곳으로 들어가게 되었다. 식사 시간이었지만 배가 고프지 않았고 식당으로 가고 싶지 않았다. 바닥에 주저앉아 두꺼운 나무줄기에 등을 기댔다. 주변은 고요했다. 무성한 나뭇잎을 스치는 바람 소리만 들려왔다. 등 뒤에서 기척이 느껴져서 뒤를 돌아보았다. 뭔가 특별한 존재가 그의 말을 듣는다고 확신하고 이야기했다.

"안녕, 프랑켄슈타인 박사의 괴물. 여기서 뭐해? 나를 위로하러 왔니? 그래, 우리 둘은 괴물이지. 아니 더 정확하게 말하면 우리 둘을 괴물로 만들었지. 이 점에서 우리는 비슷하고 서로 잘 이해할 수 있을 거야. 나에게 관심을 두어서, 나와 함께해 주어서 고마워, 친구야. 네가 나보다는 장점이 훨씬 많지만 괴물끼리는 통하는 데가 있잖아. 너는 오래 살았고 유명해. 하지만 나는……. 그래서 네가 더 현명할 거야. 너와 함께 있는 게 좋아. 왜냐하면 아무한테도 아무것도 말할 수가 없거든. 너는 모든 것을 알아. 최근 들어 나는 말을 꺼내기가 어려워졌어. 특히 나와 관계가 있는 일, 나에게 일어나는 일은 더 말하기가 힘들어. 어쩌면 우리 둘은 무척 순진했을지도 몰라. 너를 만들었을 때 프랑켄슈타인 박사는 무슨 생각을 했을까? 네 생각을 했을까? 아니면 박사 자신을 생각했을까? 그게 문제야. 아무도 우리 생각을 하지 않아. 아무도 우리에게 물어보지 않아."

봄이 되자 라이트너 르 브룅 학교에 답사 열풍이 불었다. 학교 밖에서 하는 답사가 많았다. 반면 겨울에는 음악회, 박물관, 전시회 등 실내 답사 위주였다.

두 명의 과학 선생님이 첫 답사를 맡았다. 사전 설명 때 이번 답사의 목적은 호수와 주변 알프스 지역의 지질학을 공부하는 것이라고 했다. 디오다티 마을이나 로드 바이런, 프랑켄슈타인 과는 전혀 관계가 없었다.

"레만 호수는 동쪽에서 서쪽으로 흐르는 론강의 빙하가 녹으면서 15,000년 전에 생겼어요."

선생님들은 시간을 낭비하고 싶지 않은 게 분명했다. 버스가 시동을 걸자마자 두 분 중 한 선생님이 마이크를 잡고 수업을 시작했다.

베티나와 파블로는 함께 앉지 않았다. 아침 식사도 함께하지 않았다. 각각 억지로 무관심한 척 거리를 두었다. 베티나 옆에 스테판이 앉은 것이 파블로 눈에 거슬렸다. 당연히 더 나쁠 수 없는 날이었다. 전날 베티나가 도와주려고 했을 때 자초한 일이 니 자신의 잘못이라고 생각했다.

선생님은 계속 수업했지만 파블로는 아무 말도 들리지 않았다. 선풍기 돌아가는 소리처럼 목소리만 들릴 뿐이었다. 다시 자기 생각에 집중했다. 로트바일에서 주말을 지낸 뒤에 무엇이 달라졌는지 생각했다. 유일한 변화는 처음으로 베티나와 다투었다는 사실이다. 베티나에게 화가 난 것은 아니었다. 정반대였다. 하지만 분명한 사실을 부정할 수 없었다. 왜 그런 일이 일어났을까? 베티나의 문제도 아니었고 그의 문제도 아니었다. 문제는 그의 몸 안에서 구르는 그 눈덩이였다. 눈덩이는 한 번씩 구를 때마다 점점 더 커졌다. 그 순간 선생님이 이야기하는 빙하가 우습게 느껴졌다. 그의 얼음덩이가 훨씬 더 나빴다. 녹는 대신에 부딪치는 모든 것을 얼어붙게 했다. 그의 내장과 그의 이해력까지도. 베티나가 그를 도와줄 수 있다고 생각했다면 그건 망상이었다. 아무도 그를 도와줄 수 없었다. 아무도 그를 이해해 줄 수 없었다.

맞다. 빅토르 프랑켄슈타인 박사의 괴물이라면 그를 이해할 수 있을 것이다. 그만이 이해할 수 있을 것이다. 버스의 옆자리를 돌아보았다.

'안녕, 친구. 너도 이 답사를 신청했니? 오늘은 네 이야기는 하지 않을 테니 걱정하지 마. 우리와 함께 가는 선생님들은 지질학 수업을 하고 싶어 해. 하지만 난 너에게 물어보고 싶은 게 하나 있어. 틀림없이 너는 답을 알 거야. 나도 알고 있다고 생각하지만 경험 많은 네가 확실하게 알려 줬으면 좋겠어. 이 세상에는 언제나 두 종류의 악인이 있어 왔어. 하나는 도둑이고 다른 하나는 살인자야. 내 말에 동의하지? 살인자가 훨씬 더 나쁘다는 사실에도 동의할 거라고 생각해. 너에게는 솔직하게 말할게. 내 아버지는 어쩌면 도둑일 거야, 큰 도둑. 하지만 살인자는 아니야.'

빈 좌석으로 손을 뻗어 부드럽게 어루만졌다.

"순간 네가 여기 있는 줄 알았어." 그는 중얼거렸다. "오늘은 왜 나와 함께 하지 않았니."

다른 때와 마찬가지로 그들은 호수의 스위스 쪽을 따라 이동하면서 아직 눈으로 덮여 있는 알프스의 가장 서쪽 부분을 볼 수 있는 여러 곳에서 멈췄다. 파블로는 곧 여름이 오면 많은 눈이 더위에 녹을 것이라고 생각했다. 산 정상의 커다란 얼음만 변함없이 남아 있을 것이다. 만년설. 그의 안에서 구르면서 커지고 조금씩 조금씩 그의 저항을 약화시키는 것은 만년설이 될 수 없을 것이다. 영원히 계속될 수는 없을 것이다. 만약 그렇다면 저항하지 않을 것이기 때문이다.

점심 식사는 자연 한가운데서 하게 되어 있었다. 버스 트렁크에는 학교 로고가 새겨진 천 가방에, 주방에서 준비한 피크닉 도시락이 들어 있었다. 학생들은 가방을 들고, 파블로가 항상 감탄했던, 키가 큰 잔디가 거대한 카펫처럼 두껍게 자란 균일하고 맑은 초록빛 평원 중 한 곳으로 향했다.

마지막으로 가방을 집어 든 파블로는 선생님들과 함께 말없이 초원으로 걸어갔다. 그는 베티나와 스테판이 함께 있는 것을 보고 아무 생각 없이 그들을 향해 걸어갔다. 그는 그들 옆에 앉았다. 스테판이 조금 당황한 듯 어찌할 바를 몰랐다.

"나 여기 앉아도 될까?" 파블로는 그에게 집접 물었다.

스테판은 베티나를 보고 나서 파블로를 보았다.

"응, 물론이야." 스테판이 조금 당황해하면서 베티나에게서 눈길을 떼지 못하고 대답했다. 마치 베티나가 무슨 결정이든 해 주길 바라는 눈치였다.

"가방 안에 뭐가 있어?" 파블로가 상황을 정리하려고 다시 물었다.

"견과류와 과자 한 봉지, 그리고 샌드위치 두 개." 스테판이 가방을 뒤적거리며 과일 두 조각과 물 한 병을 꺼냈다.

"모두 다 똑같아." 베티나가 마침내 말을 하기로 하고서 덧붙였다.

선생님 한 분이 다시 역할을 맡았다. 설명을 더 하려고 식사 시간조차도 낭비하고 싶어 하지 않았다. 호수에 서식하는 물고기 종류와 주변에 사는 텃새와 철새, 그리고 다른 동물에 관해 설명했다.

그들 반대쪽에서 어떤 학생이 웃기는 말을 한 것이 틀림없었다. 여러 번 웃음이 터졌기 때문이다. 선생님은 동요하지 않고 수업을 이어갔다.

"실용적인 수업이라 다행이네." 파블로가 조그만 소리로 빈정댔다.

"진짜 실용적인 수업은 다음에 우리가 물고기를 잡으러 호수에 뛰어들 때 할 거야." 베티나가 웃으며 말했다.

"불도 피워서 구워 먹자." 스테판이 농담을 이어갔다. "틀림없이 이 피크닉보다 나을걸."

웅성거리는 소리가 퍼져나갔고 이쪽 끝에서 저쪽 끝까지 곧바로 수군대며 웃는 소리가 터져 나왔다. 선생님도 그 순간 설명하기를 포기하고 도시락 주머니를 열었다. "우리가 해냈다!" 베티나가 조심스럽게 목소리를 낮추지 않고 말했다. 그 말을 받아 학생 대부분이 기쁨의 환성을 질렀다.

그들이 로트바일에 있지도 않았고 게다가 둘만 있는 상황도 아니었다. 하지만 파블로는 다시 기분이 좋아졌다. 죽을 만큼 괴로웠던 어두운 생각들이 물러가고 지금 옆에 있는 것, 그러니까 주변에 함께 있는 것들을 다시 느끼게 되었다. 부드러운 양탄자 같은 풀밭, 구별할 수 없는 수천 가지 향기가 스며든 신선한 공기, 산 정상을 휘감아 눈과 구분되지 않는 구름, 그리고 무엇보다 베티나가 있었다. 베티나의 눈은 다시 그를 찾았고 언제나처럼 그와 만났다. 라푼젤의 머리카락보다 더 길고 더 아름다운 베티나의 머리카락은 다시 그를 숨겨 주고, 잠들게 해 주고, 꿈꾸게 해 주고, 이해할 수 없을 것 같은 일을 이해하게 해 주는 황금빛 구름이 되었다.

"날 혼자 두지 마." 파블로가 말했다.

"알아."

"내 상태가 안 좋았어. 상태가 안 좋아지면 입이 열리지 않

아. 일부러 그러는 건 아닌데……."

"알아." 베티나가 말을 막았다. "너의 침묵을 존중하고 이해하는 법을 배워야 해. 미안해."

"아니, 아니, 그런 게 아니야." 자기 잘못이라고 생각하던 파블로는 베티나가 사과하자 더 어찌할 바를 몰랐다. "용서를 구해야 할 사람은 나야."

"그럼 이렇게 하자. 아무도 미안하다고 하지 않기."

조금 전 다시 만난 그들의 시선은 이제 녹아서 하나가 되었다. 그들의 미소는 하나의 미소처럼 보였다. 파블로는 베티나를 끌어안고 싶었다. 그 순간 가장 원했던 일이다. 스테판이 그들 사이에서 너무 놀라 입을 다물지 못 하는 것만 아니라면 말이다.

"나, 나는 다른 곳에 가서 먹어도 돼."

파블로와 베티나가 동시에 그의 팔을 붙잡았다. 그에게 가라고 하려던 것이 아니라는 뜻이었다.

"내가 너를 사랑하는 거 이미 알잖아."

"그리고 나도 너를."

"그리고 그건 변하지 않았어."

"그래, 변하지 않았어."

마치 테니스 경기를 관람하는 것처럼 스테판은 파블로와 베티나를 번갈아 바라보다 점차 마음이 바뀌었다. 놀라움, 당황, 불편함에서 포기로…….

저녁 식사는 보통 하던 대로 둘만 한 식탁에서 먹었다. 스테판이 식판에 음식을 가득 담아 옆을 지나쳤다. 점심 때처럼 옆자리에 앉으려나 생각했다. 스테판은 분명하게 인사만 하고 맛있게 먹으라고 하고 친구들이 있는 다른 식탁으로 갔다.

저녁 식사를 마쳐갈 무렵 파블로는 자신의 결심을 베티나에게 말했다.

"나 마드리드로 가려고 해."

"언제?"

"내일 아침 이른 시간에. 학교에 이야기하고 비행기표를 구하려고."

"무슨 일 있어?"

"아니."

"어머니가 오라고 하셔?"

"아니, 그 반대야. 엄마도 오지 말라고 하고 형도 오지 말라고 해. 형이 지금 거기에 있으면서도 말이야. 그러면서 나를 보호한다고 생각해."

"그러면 어머니와 형 모르게 간단 말이야?"

"응, 아무 말도 안 하고 갑자기 나타날 거야."

"그래도 말은 해야 할 것 같은데." 베티나가 걱정했다.

"내가 말하면 못 오게 할 거야. 그들의 결정에 언제나 질질 끌려가는 게 지긋지긋해. 내 마음대로 아무것도 못 하게 해. 이

모든 일이 일어났는데도 내가 할 수 있는 건 순종하고 순종하는
것뿐이야. 심지어는 내가 이해하지 못하는 명령에도 순종해야
해. 나는 더 알고 싶어. 무엇보다 진실을 알고 싶어. 엄마랑 형은
내가 멀리 있는 것이 낫다고 해. 멀리 있는 건 지옥이나 마찬가
지야."

"이해해."

둘은 잠시 말없이 요구르트를 먹었다.

"그리고 괴물도 나랑 똑같이 했을 거야." 갑자기 파블로가
말했다.

"무슨 괴물?" 베티나가 물었다.

"프랑켄슈타인의 괴물."

"농담이지." 베티나가 웃었다.

"진담이야." 파블로가 계속 말했다. "먼저, 괴물 입장이 되어
봐. 괴물이 된 다음에 내 입장이 돼야 해. 알겠어?"

"응."

"그럼 괴물이 어떻게 할 것 같아?"

"난 갈 거야."

"보여?"

둘은 한참 동안 서로 바라보았다. 마지막에 그녀는 미소 지
었다.

"나는 네 침묵을 존중하고 이해하는 법을 배워야 한다고, 때

때로 눈빛만으로도 말할 수 있어야 한다고 나 자신에게 계속 말하고 있어."

"이미 그렇게 하고 있어."

"더 잘해야겠어."

파블로는 베티나의 손을 꼭 잡고 계속 바라보면서 쓰다듬었다. 베티나가 있다는 것이 무척 다행스러웠다.

그가 어찌해 볼 수 없는 일이 일어나지만 않았다면 완벽하게 행복했을 것이다.

"곧 돌아올 거야." 파블로가 말했다.

"나는 여기에서 꼼짝도 안 할 거야. 나한테 전화해. 아니면 스카이프로 이야기해도 좋아."

"물론이지. 네 목소리를 듣지 않고 너를 느끼지 않고는 견딜 수 없을 거야."

그들은 식당을 나와서 정원을 산책했다. 다행히도 해가 길어지고 저녁 기온이 따뜻했다.

그날 밤 파블로는 쉽게 잠이 들지 못했다.

머릿속에서 내일 하려고 마음먹은 계획이 계속 맴돌았다. 실행에 옮길 때까지 엄마나 형이 학교에 전화를 걸면 안 될 일이었다. 그렇게 되면 모든 것이 잘못될 테니까.

하지만 그런 일은 일어나지 않을 것이다. 언제나 내 휴대폰으로 전화를 걸어오거나 메시지나 왓츠앱, 또는 메일을 보내오니까. 계획을 완벽하게 실행하기 위해 이미 비행기 시간을 알아 놓았다. 제네바 공항에서 오후 2시에 출발할 것이다. 교장 선생님과 이야기하기 전까지 표는 사지 않기로 했다.

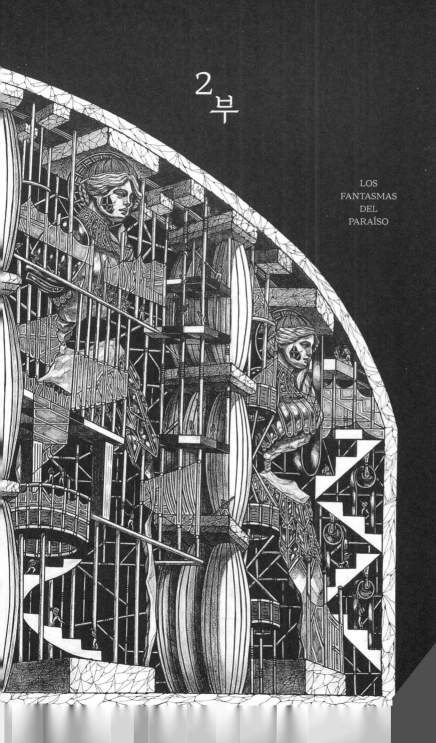

2부

LOS
FANTASMAS
DEL
PARAÍSO

8장

아침 식사 시간이 되기도 전에 파블로는 교장실로 향했다. 그곳에 가면 헤르 라이트너 선생님이나 르 브룅 선생님을 만날 수 있을 거라고 생각했다. 두 선생님이 매일 가장 먼저 학교 일을 시작하고 가장 먼저 사무실의 불을 켜는 사람들이었다. 두 분 모두 있었다. 교직원에게 뭔가 지시하고 있었다. 파블로를 보자 조금 놀라는 기색이었다. 이토록 이른 시간에 학생이 찾아오는 일은 흔한 일이 아니었다.

"안녕, 파블로." 헤르 라이트너 선생님이 따뜻하게 인사했다.

"안녕하세요."

"무슨 일이지?" 르 브룅 선생님은 뭔가 심각한 일이 있으리라고 직감하고 바로 본론으로 들어갔다.

파블로는 감사하게 생각했다. 빙빙 돌리고 싶지도 않았고 예의를 구실로 시간을 끌고 싶지도 않았다. 최근 들어 집안에 일어난 문제가 점점 더 복잡한 상황이 되어 간다고 설명했다. 두 선생님은 이미 사태를 파악한 듯 고개를 끄덕였다. 말하기가 더 쉬워졌다. 선생님들이 이 상황을 안다면 그의 결정을 더 잘 이해할 수 있을 것이다.

"며칠 집에 다녀오고 싶어요. 가족과 함께 있어야 할 것 같아요. 어제 어머니랑 통화했는데, 많이 힘들어하고 계세요."

"그러시겠지." 헤르 라이트너 선생님이 말했어.

"오늘 당장 가고 싶어요. 오후 2시에 떠나는 비행기가 있어요……."

"가족들과 이야기되었니?" 르 브룅 선생님이 물었다.

"네, 물론입니다." 파블로가 말했다.

두 선생님은 서로 시선을 주고받더니 헤르 라이트너 선생님이 이야기했다.

"어려운 상황이구나. 학교는 절대 방해가 되지 않을 거야. 알다시피 학기가 끝나려면 얼마 남지 않았고 네 성적은 훌륭해. 이 여행이 성적에 영향을 미치지는 않을 거다. 우리가 허락하니 사무실에 가서 모든 선생님께 알려드리라고 해라. 더 도움이 필요하니?"

"아닙니다. 감사합니다."

"잘 다녀와."

"잘 다녀와라, 파블로." 르 브룅 선생님도 말했다.

"고맙습니다."

그는 방으로 달려갔다. 이미 컴퓨터 화면에 항공사의 홈피를 찾아 놓았다. '구매' 버튼만 누르면 되었다. 티켓을 인쇄하고 옷과 세면도구를 배낭에 챙겼다. 여권과 미성년자가 혼자 탑승할 수 있는 허가증을 찾았다. 그러고 나서 아침 식사를 하러 갔다.

베티나를 만나자 이상한 기분이 들었다. 가족의 반대에도 마드리드로 여행하겠다고 스스로 결정을 내렸다. 그 여행이 필요하다고 믿었다. 그렇게 결정을 하고 나니 기분이 좋아졌다. 이제 스스로 결정권을 가지게 되었다고, 자기 삶의 가장 어둡고 알 수 없는 부분을 이해하려는 시도를 시작했다고 생각했다. 베티나가 그럴 수 있게 격려해 주었다. 왜냐하면 지금과 같은 상황에서는 더욱더 가족 간의 유대를 긴밀히 해야 한다고 이해했기 때문이다. 그를 이해하기 위해 그의 입장에서 생각해 보는 것만으로도 충분했다.

하지만 파블로는 아침 식사를 넘기기가 어려웠다. 그의 내장 안에서 어찌할 바를 모르고 굴러다니던 얼음덩어리가 위 속에 박힌 것 같았다. 가족에게 다가가는 것이 베티나와 멀어지는 것이라는 사실을 깨달았다. 베티나가 가족에게 다가가기를 바라는 것도 알았다. 베티나가 초조하게 걱정해 주리라는 것도 알았다. 하지만 둘 사이의 물리적인 거리를 생각하니 초조해졌다.

깊은 심연 앞에 있는 것처럼 걱정스러웠다. 물론 그 심연 위에 다리가 놓여 있었다. 그리고 그 다리를 건너는 방법을 잘 알고 있었다. 그런데도 불안은 그를 괴롭히고 있었다.

"곧 돌아올게." 베티나에게 말했다.

"알아."

"계속 네 생각을 할게."

"지금은 무엇보다 네 가족을 생각해. 나는 여기 있을게. 널 지켜볼게. 널 지켜 줄게."

파블로는 다시 대화를 이어가기 전에 한숨을 쉬었다.

"나는 가야 해." 자신의 결정을 정당화시키듯 말했다.

"알아."

"왜 가야 하는지 수천 번도 더 생각해 봤어."

"그래서 답을 찾았어?"

"찾은 것 같아. 답은 단순해. 내가 가야 하는 이유는 알아야 하니까, 알아야 해서 가야 해! 결정을 위한 첫 번째 발걸음이야. 혼란 속에서 방향을 잡기 위한……."

"자유로워지려면 알아야 해."

베티나의 말을 듣고 파블로는 놀랐다. 베티나의 말이 맞았다. 그것이 이번 여행의 진정한 목적이었다. 알기 위해서, 그리고 앎으로써 자유로워지기 위해서. 그래야만 의견이 생길 것이다. 그래야만 스스로 결정할 수 있을 것이다. 어쩌면 그의 문제는 단 한 번도 자유롭지 못했던 것일 수도 있다. 다른 사람들이 그의 삶을 계획했고 그를 대신해서 결정했다. 비록 그가 열여덟 살이 되려면 아직 몇 달이 남았지만, 누군가가 성인 세계의 문턱이라고 결정한 그 나이에 그는 스스로 삶의 고삐를 쥐고 싶은 강한 열망을 느꼈다.

"너는 나를 어른이라고 생각하니?" 갑자기 베티나에게 물었다.

베티나는 놀라움을 감추지 못했다.

"응." 그녀가 대답했다.

"자신이 언제 아이를 그만두고 성인이 되는지 나는 모든 사람이 안다고 생각해. 아무도 우리를 대신해서 그걸 결정해서는 안 돼."

"너는 뭘 결정했어?"

"마드리드에서 돌아오면 분명하게 알게 될 거야."

아침 식사를 하고 수업을 들어야 하는 베티나에게 작별 인사를 한 뒤 파블로는 배낭을 메고 학교를 나섰다. 학교 정문을 지날 때 이상한 한기를 느꼈다. 그의 내장에서는 얼음장 같은 폭풍이 몰아치고 있었다. 한편으로 이번 여행은 일시적이며 곧 돌아올 것을 알고 있었지만, 다른 한편으로는 돌아온다고 해도 다시는 예전과 같지 않을 것이라는 생각이 들었다.

버스를 타고 제네바로 갔다. 그 노선은 베티나와 여러 번 타

본 길이라 익숙했다. 베티나! 그는 유리창에 비친 그녀의 옆모습, 금빛 머리카락, 반짝이는 눈동자를 찾아보려고 했다. 하지만 빈 옆자리만 보일 뿐이었다. 버스 정류장에서 내려 바로 그 자리에서, 시내에서 5km 정도 떨어진 프랑스 국경 지역에 있는 국제공항으로 가는 버스를 탔다. 시간이 남아서 정해진 시간까지 탑승구 앞에서 지루하게 기다려야 할 것을 알았지만 상관없었다. 아무것도 하지 않고 멍하게 시간을 보냈다.

공항에 도착하자마자 태블릿을 꺼냈다. 그는 자신이 하려는 일, 본 것, 생각한 것, 느낀 것을 모두 거기에 적었다. 다 적으면 베티나에게 보내고 싶었다. 베티나와 모든 것을 나누고 싶었고 베티나 옆에 있다고 느끼고 싶었다. 하지만 순간 생각을 바꾸었다. 아니다. 베티나에게 의지해서는 안 된다. 그 자신에게서 힘과 확신을 얻어야 했다. 그래야만 행동하고 결정하는 능력을 갖추게 될 것이다. 혼자 올바른 발걸음을 떼어야 할 것이다.

혼자.

그 말을 생각했다. 부사가 아닌 명사로.

혼자. 완벽하게 혼자서. 어머니와 형과 다른 가족이 있었다. 베니타도 있었다. 하지만 자신이 결정해야 했고, 그러려면 먼저 알아야 했다. 알아야 했다. 자유로워지기 위해서 알아야 했다. 자유, 결정, 앎, 혼자.

단어들이 회전목마를 탄 듯 머릿속에서 돌고 또 돌았다. 그런데 이상하게도 질서를 찾으면서 자리를 잡았다. 파블로는 눈앞에 지나가는 단어들을 볼 수 있었다.

앎, 결정, 자유, 혼자.

앎은 결정을 암시했다. 그러면 자유는 혼자여야 할까? 분명히 그렇게 보였다. 그런데 그 순간 '왜?'라는 물음이 생겼다.

1시 30분에 정확하게 탑승이 시작되었고 2시 정각에 비행기가 이륙했다. 파블로는 창문에 붙어서 비행기가 점점 더 높이 올라가는 모습을 바라보며 아무 생각도 하고 싶지 않았지만 쉬운 일은 아니었다. 무엇보다 마드리드에서 무슨 일이 일어날지, 그를 보고 가족들이 어떻게 반응할지 생각하고 싶지 않았다. 그는 한 걸음, 그리고 또 한 걸음, 그리고 또 한 걸음, 그리고 또 한 걸음…… 그렇게 조금씩 나아가고 싶었다.

두 시간 뒤, 비행기는 하강해 마드리드 바라하스 국제공항 활주로에 다가갔다.

이제 고속도로와 외곽순환도로가 교차하는 다소 혼란스럽고 거대한 마드리드가 눈앞에 보였다. 마드리드. 스위스 도시와는 너무나 다른 그의 도시. 작은 로트바일과도 너무나 달랐다. 그 순간 그에게 마드리드는 매우 아름다운 도시로 보였다. 세계에서 가장 아름다운 도시는 아니더라도 뭐라 설명할 수 없지만 탯줄로 연결된 것 같은 친밀감이 느껴졌다. 도시는 그에게 두 팔을 벌려 활주로를 안내하고 있었다. 이상하게 사랑받는 도시.

Welcome to Madrid.

집까지 택시를 타고 가기에 충분한 돈이 있었다. 택시를 타면 훨씬 더 편하고 훨씬 더 빨리 갈 수 있을 것이다. 그러나 몇 번을 갈아타야 하고 역에서 조금 걸어야 하는 지하철을 타고 싶었다. 그는 마드리드에 있었다. 그의 생에서 첫 번째 진짜 결정을 내렸다. 그렇지만 일단 그곳에 도착하니 모든 것을 늦추고 싶었다. 도착 시각을, 다시 만나는 상황을, 놀라움의 순간을 늦추고 싶었다. 가족들의 판단보다 자신의 판단을 방어할 순간을 늦추고 싶었다.

지하철역을 나와서 집까지 가기 위해서는 아직 5분을 걸어야 했다. 집은 소위 부촌이라 불리는 중심가에 있었다. 이미 모든 것이 익숙했다. 거리와 거리의 이름, 가게들, 지나가는 시내버스 번호, 건물 등. 거리를 걷는 사람들조차 마치 처음 보는 사람이 아닌 것처럼 낯익어 보였다.

저택의 경비가 그를 보고 놀랐다. 뭔가 말하려고, 뭔가 물으려고 했다. 하지만 마치 아무도 따라온 사람이 없는 것을 확인하는 듯 먼저 길 쪽을 이리저리 살폈다. 당황한 기색이 역력했다.

"안녕하세요, 산티아고 아저씨." 파블로가 인사했다.

"안녕, 파블로." 그가 마침내 친근한 모습을 보여 주었다. "돌아온 줄 몰랐네. 며칠 방학인 거야?"

"그런 셈이에요."

경비는 그 질문이 엄청난 실수라고 느끼는 듯했다.

"어머님과 형은 위층에 있어." 그가 말했다.

"감사합니다."

넓디넓은 현관으로 걸어 들어갔다. 아무도 사용하지 않는 거대한 소파, 금빛 액자 거울, 벽에서 팔을 비틀어 놓은 것처럼 솟아오른 청동 램프, 그리고 천장의 석고상까지 자신을 지키본다고 느꼈다. 엘리베이터가 대기 중이었다. 엘리베이터를 타고 깊이 숨을 들이쉬었다.

현관문 열쇠가 있었지만 벨을 누르기로 했다. 수년 간 일해온 가정부 메르체가 문을 열었다. 그런데 문을 여는 그녀의 모습을 보고 놀랐다. 원하지 않는 누군가가 나타나기라도 할 듯 아주 조심스럽게 문을 열었다.

"파블로! 웬일이야!" 이렇게 소리치면서 무척 미남이고 키가 많이 컸다고 말을 하려다 참았다. 대신에 계단 층계참을 살펴보고 좌우로 살핀 다음에 문을 닫았다. 파블로는 조금 전 저택 경비가 했던 몸짓과 같다는 사실을 알아차렸다. 역시 문을 살펴보던 어머니가 파블로의 목소리를 알아듣고 곧바로 맞으러 나왔다.

"파블로!" 파블로의 이름만 겨우 불렀다. 몇 초 전까지 머릿속에 맴돌던 나무라려던 마음은 씻은 듯 사라졌다. 그녀는 파블로를 힘껏 끌어안았다.

"엄마, 어떻게 지냈어요?" 파블로가 물었다. 예의를 갖춘 형식적인 인사가 아니었다.

감정이 이성을 이긴 그의 어머니는 그렇게 여러 번 마드리드에 오지 말라고 말했음에도 파블로를 끌어안고 입맞춤을 퍼부었다. 파블로는 그 따뜻한 순간을 이용해서 여행을 결정할 수밖에 없었던 몇 가지 이유를 설명했다.

"엄마가 오지 말라고 해도 오지 않을 수가 없었어요. 여기서 1,000km 이상 떨어져서 산다고 해도 마법처럼 걱정이 지워지는 건 아니에요."

"엄마는 단지 우리를 죽이려고 달려드는 이 말도 안 되는 상황에서 너를 보호하고 싶었을 뿐이야." 마침내 어머니가 말했다.

"무엇보다 그 말도 안 되는 상황 때문에 왔어요. 저에게도 무슨 일인지 알아야 할 권리가 있어요. 왜냐하면 아무것도 모른다는 사실이 저를 망가뜨리기 때문이에요."

어머니는 마치 그의 머릿속에서 떠나지 않으려고 하는 나쁜 생각을 떨쳐 버리려는 듯 여러 번 고개를 세차게 저었다.

"우리 모두 망가졌어." 어머니가 말했다. "갑자기 우리가 미쳐 버린 것 같아. 나는 의사가 처방해 준 약을 먹고 있어. 덕분에 정신 놓지 않고 지내지. 그래서 너는 멀리 떨어져 있어야 한다는 거야. 이 모든 것에서 떨어져서. 멀리 있을수록 더 좋아."

"언제나 같은 말을 듣는 게 지겨워요." 파블로가 반박했다. "무엇에서 멀리요?"

"여기서 일어나는 일에서."

"그런데 무슨 일이 일어나는데요?" 파블로가 목소리를 높였다. "누가 지금 일어나는 모든 일을 저에게 한 번이라도 설명해 줄 수 있어요? 누가 진실을 말해 줄 수 있냐고요?"

어머니는 로봇처럼, 건전지가 든 인형처럼 계속 고개를 저었다.

갑자기 파블로가 몇 m 떨어진 곳에 있는 형을 발견했다. 한참 전부터 그 자리에서 어머니와 아들 사이의 광경을 목격했던 것 같았다.

"형."

"안녕, 꼬맹아." 형이 웃었다. "네 마음대로 나왔구나. 이제 마드리드에 있네."

"응." 파블로가 대답했다. "난 이제 꼬맹이가 아니니까 내가 결정할 수 있지."

"그거 무척 중요하지. 네 말이 맞아. 곧 알게 될 거야."

이반이 다가와서 안아 주었다.

파블로는 집에 돌아와서 어머니와 형과 함께 있으니 이상하게도 마음이 편해졌다. 아버지가 없었다. 하지만 아버지는 거의 언제나 가족 사이에서는 없는 존재다 싶었기 때문에 아버지의 부재가 일상적으로 느껴질 정도였다. 지금의 부재가 나쁜 것은 더 많은 것을 함축했기 때문이다. 삶이 비극이 되었다는 것, 모두의 삶을 오염시킬 얼룩이 되었다는 것이다.

갑자기 어머니와 형이 아무 일도 없었다는 듯이 행동했다. 학교와 수업, 대학에 가서 무슨 공부를 하고 싶은지, 레만 호숫가의 날씨는 어떤지, 알프스산맥에는 눈이 많이 쌓여 있는지, 식사는 했는지 등등……. 파블로는 이러한 일상적인 일은 이 집에서 사라졌다고 생각했는데 어떻게 이런 이야기를 할 수 있는지 이해하지 못했다. 참을성 있게 대답하면서 기회를 기다렸다. 왜냐하면 틀림없이 그 순간은 올 것이라고 생각했기 때문이다. 오지 않는다면 만들 것이다.

메르체가 곧바로 저녁 식사를 준비해 주었다. 어머니가 장미색 알약을 물과 함께 마시는 것이 파블로 눈에 들어왔다. 중요한 문제에 관해 대화해 보려고 했지만 성공하지 못했다. 하지만 고집을 피우지는 않았다. 왜냐하면 적절한 순간이 아니라고 이반이 손짓했기 때문이다. 어머니를 제외하고 둘이서 이야기할 기회가 있을 것이라고 말이다.

그리고 그렇게 되었다. 저녁 식사를 마치고 잠시 뒤에 어머니는 아직 해가 떠 있었지만 눈에 띄게 잠을 못 이기면서 밤 인사를 하고 어머니 방으로 들어갔다. 그 순간 갑자기 이반의 행동이 과격해졌다. 지금까지의 예의를 갖춘 태도는 온데간데없어지고 파블로의 팔을 잡았다.

"네 방으로 가자."

"왜 그래?" 파블로가 저항했다. "이거 놔."

"이야기 좀 하자고."

이제 모든 카드를 펼쳐 놓을 순간이 온 것 같았다.

이반이 방문을 닫았다. 협박하려는 듯 목소리 톤을 바꿔서 동생을 바라보았다.

"이제 도리가 없구나. 마드리드에 온 행동이 무책임한 일이었다는 사실을 알아야 해. 네가 집에 도착했을 때 문 앞에 그 독수리 떼 같은 인간들이 없었다는 것이 그나마 다행이다. 산티아고가 이야기해 주었어. 행운이었어. 왜냐하면 그들이 너를 알게 되면……."

"누가?"

"자신을 언론이라고 부르며 뭐든 코를 박을 권리가 있다고 믿는 자들이지. 판사보다 먼저 판결하고 정죄하는 자들이야. 그들이 너를 못 봤고, 네가 여기 있다는 사실을 모르니 다행이라는 거야. 사실 네 존재도 몰라. 내일 당장 돌아가."

"진실을 알기 전에는 가지 않을 거야."

"네 입장에서만 무척 위엄이 있구나. 그게 너희 학교에서 가르친다는 그 가치야? 어쩌면 아빠가 너를 그 학교에 보낸 것이 실수였는지도 모르겠다."

"학교에서 가르치는 가치가 아니야. 내 가치야."

"그래, 맞아. 이제 너는 꼬맹이가 아니지. 이제 네 가치가 있고 결정권이 있지."

"진실을 알고 싶어."

"너 스스로 알아내란 말이야."

"아빠는 유죄야?"

"계획이 뭔지 말해 줄게." 이반이 동생의 질문을 무시한 채 말했다. "한편으로 어떻게 해서라도 새로운 증거와 새로운 배신자들이 나오지 않게 막는 거야. 즉, 아무도, 절대 믿어서도 안 되고, 더는 서류가 공개되는 걸 피해야 해. 다른 한편으로 우리나라의 최고의 변호사들이 변론을 맡아서 전략을 세우고 사건을 최소화하는 거야. 두 번째 일은 이미 잘 처리됐어."

"내 질문에 대답하지 않았어."

"아, 아니라고?"

"아니지."

"아빠는 어느 정도 감옥에서 지내야 할 거야. 하지만 길지는 않을 거야. 일이 잘되기만 하면 아주 빨리 나올 수 있어. 가장 중요한 일은 아빠의 재산이 국외에 조심스럽게 남아 있어야 하는 거야."

파블로가 다시 질문하려 했다. 그러나 갑자기 형이 어떻게든 대답을 해 준다는 사실을 깨달았다.

"그래, 아빠가 학교를 잘못 선택했을 수 있어. 하지만 지금 그건 중요한 일이 아니야. 아빠를 판단하기 전에, 큰 틀에서 보면 이 모든 일은 우리의 미래를 위한 결단이었어."

"웃기지 좀 마."

"순진한 척하지 말고!" 이반이 참지 못했다. "그리고 무엇보다 바보처럼 굴지 좀 마."

"형은 아빠 편이야?" 파블로의 이 질문을 듣고 이반이 놀랐다.

"분명하게 대답해 줄게. 그래, 나는 무조건 아빠 편이야. 아빠가 천국을 만들었다고 생각해 봐. 우리가 그 천국에서 가장 크게 혜택을 받을 사람이라고."

"무엇의 대가로?"

"잠시라도 네 미래, 네 삶, 네 꿈을 생각해 봐. 그 모든 것, 그리고 그것보다 훨씬 많은 것을 네 손에 잡을 수 있어. 우리가 갖게 될 거야. 네 것이 된다고. 네가 원하는 대로, 여러 번의 생을 사는 것과 마찬가지인 진짜 천국 얘기를 하는 거야. 그래, 이해 못 하겠지. 하지만 적어도 상상해 보려고 해 봐."

"그러려고 해."

"아직도 질문 있어?"

"그 천국 안에는 너무 많은 유령이 있어."

"무슨 소리야?"

"상상해 보려고 하는데 그 유령들이 나를 가만히 내버려두지 않아."

이반은 대화를 이어가는 것이 부질없다고 생각했다. 그리고 시간이 지나면 동생도 이성을 찾게 되리라 생각했다. 단지 시간문제일 뿐이다. 언제나 그랬다. 정말로 관심 있는 방향으로만 대화를 몰고 가려고 해 왔다. 이제는 파블로도 계획의 중요한 부분을 차지하게 되었다. 파블로가 마드리드에 있다는 사실이 위험했다.

"가족이 너에게 중요하니?" 갑자기 물었다.

"무척 중요해."

"그렇게 가족이 중요하다면, 내일 스위스로 돌아가. 독수리 떼가 네가 나가는 것을 보지 못하게 할 수 있을 거야. 계속 모두 네 존재를 모르게 너는 그곳에 있어야 해. 우리 가족을 위해 너는 그곳에 있어야 해."

이 말을 듣자마자 파블로는 안 된다고 하려고 했다. 그러나 곧 집을 떠나 베티나에게 돌아가고 싶었다. 스위스와 학교와 레만 호수는 하나도 중요하지 않았다. 그러나 베티나는 빛이었다. 어머니 말대로 이 모든 쓰레기 같은 것들 사이에서 볼 수 있는 유일한 빛이었다.

"알았어. 내일 갈게." 파블로가 말했다.

"네가 해야 할 일을 이제 설명해 줄게."

파블로는 형의 말이 무슨 뜻인지 생각하고 싶지 않았다. 그런데 갑자기 혼란스러워져서 다시 질문했다.

"도둑과 살인자 중에서 뭐가 더 나쁘지?"

"뭐라고? 무슨 말이야?"

"대답해 줘."

"살인자지." 이반이 무관심한 척 말했다.

"아빠가 누군가를 죽였어?"

순간 이반이 동생의 목을 조르기라도 하려는 듯 달려들 기세였다. 하지만 대답할 가치도 없다는 듯 고개를 젓고는 자기 방으로 가 버렸다.

"내일 비행기표는 사 줄게." 방을 나가기 전에 이렇게 말했다.

파블로가 침대에 몸을 던졌다. 그의 침대였다. 침대에 누운 채 방에 있는 물건들을 찬찬히 둘러보았다. 물건은 모두 파블로 것이었다. 모든 것이 파블로와 인생의 순간을 함께했던 것들이었다. 그것들은 가깝게 느껴지기도 했고 또 동시에 멀게 느껴지기도 했다. 스위스에서 학교생활을 시작한 뒤로는 이 모든 것과 멀리 있었다. 큰 소리로 그 말을 되풀이했다.

"멀리 있었다."

아버지와도 역시 멀리 있었다. 항상 그랬지만, 이제는 그 거리가 넘을 수 없을 만큼 멀어진 것 같았다. 책상 위에 있었던 코르크판을 바라보았다. 거기에는 수많은 스크랩과 메모와 사진이 있었다. 멕시코 여행 때 찍은 사진이 눈에 들어왔다. 열세 살 때였다. 아버지와 함께 있었다. 둘 다 반바지를 입고 셔츠를 입고 멜빵을 맸다. 그들은 손가락으로 뭔가를 가리키면서 활짝 웃고 있다. 뭐가 저렇게 재미있었을까? 아버지가 쓴 모자였을까? 아버지는 언제나 그 사진을 좋아했다. 그래서 그 사진을 직접 복사해서 그의 방 코르크판에 붙여 놓았다. 이제는 모든 것이 멀리 있는 것처럼 보였다.

반대로 베티나는 멀리 있지 않았다. 휴대폰을 찾아서 왓츠앱을 열었다.

"♥♥♥"

곧바로 베티나에게 답이 왔다.

"♥♥♥"

"네가 유일한 천국이야."

""

9장

이반이 7시 반에 파블로를 깨웠다. 깊은 잠에 빠져 있던 시간이었다. 자기 침대, 자기 방에 누웠지만 잠들기가 어려웠다. 밤늦도록 베티나와 이야기를 나누고 나서 이불 속으로 들어간 뒤에 머릿속에 휘몰아치던 회오리바람이 어찌할 바를 모르고 다시 몰아쳐 왔다.

"무슨 일이야?" 눈도 뜨지 못한 채 형에게 물었다.

"내가 비행기표 알아봐 준다고 했잖아." 이반이 대답했다. "탑승권은 네 휴대폰으로 보냈어. 아직 시간이 있지만 일어나야 해."

또 한 번 형이 비행기 시각까지 자기 대신 결정했다고 생각하니 짜증이 났다. 하지만 다른 한편으로 베티나와 이야기를 하고 나니 스위스로 돌아가고 싶은 생각만 간절했다.

"알았어." 알았으니 가만 내버려두라고 손짓을 했다.

침대에서 몸을 뒤척이며 베개 위에서 머리를 여러 차례 돌렸다. 그의 베개였다. 매트리스 위로 세차게 몸을 굴렸다. 그의 매트리스였다. 이불의 촉감을 기억했고 잠옷에서 나는 세제 향기도 기억했다. 집에 있었다. 진짜 그의 집에 있었다. 집에 있는 모든 물건, 모든 냄새, 아주 작은 소리까지 기억했다. 그는 일어나서 화장실로 갔다. 비누 상표도 기억했다. 샤워하고 나온 뒤에 몸을 감쌌던 커다란 수건도 기억했다. 거울과 크리스털 벽에 걸린 비누 거치대도 기억했다. 세면대도 기억했다. 복도에서 메르체에게 아침 식사 준비하라는 어머니의 목소리가 들려왔다. 집에 있는 것이 틀림없었다. 자기 집이나 다름없는 부모님의 집, 가족이 있는 곳이었다. 베티나도 로트바일에 갔을 때 이와 같은 느낌이었을 것이라고 상상했다.

어머니와 파블로는 다이닝룸에서 아침 식사를 했다.

"형은 어디 있어요?" 파블로가 물었다.

"몇 가지 물건 챙길 게 있어서 나갔어. 곧 돌아올 거야. 형이 너를 공항에 데려다줄 거야."

어머니도 파블로가 스위스로 돌아간다는 사실을 알았다. 형이 그를 위해서 최선이라고, 비행기표를 사고 탑승권을 내려받으면서 어머니에게 말했을 장면을 상상했다. 어머니가 다시 물을 한 컵 마시면서 다른 알약을 먹는 걸 보았다. 이번에는 하얀 알약이었다. 파블로가 바라보는 것을 알아차리고 어머니는 설명해야겠다고 생각했다.

"내가 침착하게 이 악몽을 견디도록 도와주는 약이야. 어젯밤에 먹은 건 수면제고. 하지만 강한 건 아니야. 부작용도 없어."

파블로가 먼저 이야기를 꺼낸 건 아니었다. 하지만 곧바로 그에게 강박처럼 따라다니는 문제를 해결해 보고 싶었다.

"왜 아무도 내 질문에 분명하게 대답해 주지 않는 거예요? 왜 형은 언제나 나 스스로 답을 찾아야 한다고 말하는 거예요?"

"형 말이 맞는 것 같다."

"나에게 대답해 주고 싶지 않다는 건 엄마랑 형 자신에게도 대답하고 싶지 않다는 말이지요."

어머니는 몇 초간 침묵에 잠기고서 한숨을 쉬고 나서 대답했다.

"아마도."

"나보다 더 많은 걸 알아요. 그래서 물어보는 거예요. 왜냐하면 무슨 일이 일어나는지 알고 싶기 때문이에요. 아니 왜 이런 일이 일어나는지 알고 싶어요. 형은 모든 걸 알아요. 아빠는 취리히에서 형을 만났고 형에게 여러 가지 지침을 내렸어요. 하지만 나는……."

"너는 더 어리잖아."

"12월이 되면 열여덟 살이 돼요." 파블로가 폭발했다.

"아빠가 너를 멀리 둔 건 잘한 일이라고 생각한다. 그 점에서

143

는 아빠가 잘했다고 생각해."

"그럼 엄마한테는요?" 파블로가 곧바로 물었다.

"무슨 말을 하고 싶은 거야?" 어머니가 이상하게 생각했다.

"아빠가 엄마도 모든 일에서 멀리 있게 했어요. 안 그래요? 형이 그렇게 말했어요. 그리고 엄마도 알잖아요."

"그러려고 했지." 어머니가 그를 뚫어지게 바라보았다. "하지만 내가 바보라고 생각하니?"

"아니요."

"나는 대학 학위가 두 개나 있단다. 내 분야에서 나는 무척 뛰어났어. 하지만 실험실은 문 닫았고, 네 아버지는 나에게 일을 그만두라고 고집을 부렸어. 그런데 기가 막히게도 나는 그 말에 따랐던 거야. 아니야. 나는 바보가 아니야. 비록 네 아버지가 나를 바보로 만들고 싶어 했지만 말이야. 아빠 사업에서 내가 멀리 떨어져 있도록 한 것도 사실이야. 그런데 지금은 그래서 다행이다 싶구나. 하지만 한참 전부터 아빠가 하는 일을 알았어."

"그런데 왜 아무 말도 하지 않았어요?"

어머니는 다시 한숨을 쉬고 꿈꾸듯 잠시 가만히 있었다. 무슨 말인가 하고 싶지만 머릿속에서 할 말이 정리가 안 되는 것 같았다. 그녀는 들고 있던 물잔을 손으로 꽉 쥐는 것처럼 보였다.

"몇 번 이야기했어. 경고했지……. 하지만 그럴 때마다 소리를 질렀어. 아무도 자기 일에 반대하는 걸 참지 못했어. 가만히 있는 편이 편하다는 걸 인정해야 했어. 못 본 척, 아무것도 모르는 척, 난 결코 바보가 아니지만 바보 같은 아내처럼 구는 게 가장 쉬웠어. 그래, 그런 척하는 것이 훨씬 더 편안했어." 어머니가 꿈을 꾸듯 더듬더듬 이야기했다. 파블로는 한입 베어 먹은 토스트를 손에 들고 더 말을 기다리면서 어머니를 바라보았다. "모른 척한 거, 그게 내 죄가 되었어."

"그 말은……."

"이미 내가 할 말은 다 했어. 아들, 이제 제발 나에게 더는 물어보지 마. 형 말대로 해. 네가 답을 찾아. 너무 명백해서 힘들이지 않고 찾아낼 것도 있을 거야. 그리고 네 가족에게 동정심을 가져 봐."

'동정심'이라는 말을 듣고 파블로는 당황했다. 어쩌면 그 말이 내가 아는 뜻 말고 더 많은 뜻이 있는 걸까. 조용히 토스트를 한 입 먹었다. 삼키기가 힘들었다. 배가 고프지 않았다. 파블로가 큰 소리로 말했다.

"어제 아침에는 집으로 돌아오고 싶었어요. 그런데 오늘은 떠나고 싶어졌어요."

어머니가 물컵을 내려놓고 차를 한 모금 마셨다. 고개를 끄덕이며 입술을 깨물었다. 그러고 나서 자세를 바꾸고 여러 차례 고개를 저었다. 하지만 파블로가 다시 어머니를 바라보면서 뭔가 더 대답해 달라고 눈으로 애원을 했지만 속마음을 더는 표현하지 않았다. 표현할 수 없었던 메시지들로 꽉 찬 낯설고 길고 어두운 침묵이었다.

그는 의자에서 일어났다. 그리고 다이닝룸을 나가기 전에 다시 한번 어머니를 바라보았다. 찻잔과 열린 약병을 앞에 놓고 스스로 주눅이 든 모습으로 어머니는 계속 앉아 있었다.

"어느 쪽이 더 나쁜가요, 도둑과 살인자 중?" 갑자기 물었다. 대답을 기다리지 않았다. "형도 이 물음에 대답하고 싶어 하지 않았어요."

어머니가 몸을 조금 일으켰다.

"가방 챙기고 형이 하라는 대로 하거라." 얼굴을 바라보지 않은 채 말했다.

"네, 형한테 저는 꼬맹이니까요……."

"아직 우리는 가족이고 나는 네 엄마야." 말을 끊었다.

"그건 이미 알아요."

"그러면 이제 학교로 돌아가서 학기를 끝내. 그동안 형이 말하는 대로 하고. 그리고 나서 지켜보자."

"네, 지켜봐요." 파블로가 따라 했다. 그리고 자기 방으로 향했다.

뒷문으로 건물을 빠져나왔다. 파블로는 그 문이 있는 줄도 몰랐다. 경비인 산티아고가 지하실 복도를 통해 그곳까지 안내해 주었다.

"예전에 석탄으로 난방을 했을 때 여기로 석탄을 들여왔어." 경비가 설명했다. "이제는 거의 사용을 안 하지."

"고마워요. 산티아고 아저씨."

나오기 전에 이반이 주변에 누군가가 카메라를 설치해 놓지는 않았는지 살피면서 이쪽저쪽 두리번거렸다. 파블로에게는 모든 것이 비현실적인 것처럼 보였다. 때때로 그 상황이 실제로 일어나는 일이 아니라 이해할 수 없는 영화의 장면처럼 생각되었다.

"차는 여기서 가까운 공용주차장에 있어."

"왜 차고에 두지 않았어?"

"독수리 떼들이 집 앞에서 기다릴 때가 많아."

파블로는 어머니가 탄 자동차가 차고를 나오는 모습이 TV에 나왔던 것이 생각났다.

그들은 민첩한 걸음으로 주차장으로 향했다. 이반은 누군가에게 관찰당하거나 쫓기듯이 계속 앞뒤, 좌우를 살펴보았다. 자동차를 찾고서 파블로는 배낭을 뒷자리에 던졌다.

주차장을 빠져나와 마드리드의 거리 사이로 들어오고 나서야 이반은 진정된 것 같았다. 긴장을 풀고 동생에게 평소와 같은 어투로 말했다.

"꼬맹아, 정신없는 여행이었지. 네 의도를 미리 알았더라면 못 오게 했을 거야."

"아마 앞으로도 내 의도가 뭔지 모를 거야." 파블로가 조금 기분이 상해서 말했다.

"그래도 결국 우리에게 좋은 여행이었지." 이반이 말했다.

"좋은 여행?" 파블로는 놀랐다. 좋았다니……. "누구한테?"

"비행기표가 휴대폰에 있는지 확인했지?" 이반이 동생의 질문을 들은 척하지 않았다.

"안 했는데."

"그럼 지금 해 봐."

파블로는 메일을 열어서 곧바로 형이 첨부해 준 표를 확인했다.

"여기 있어."

"열어 봐."

메일을 열고 곧바로 놀라서 물었다.

"형, 취리히로 가는 표를 끊었어?" 놀라서 외쳤다. "학교에서 가장 가까운 공항이 제네바라는 거 몰랐어?"

"물론 알지."

"그런데……."

아메리카 거리에서 신호등 때문에 멈췄다. 거기서부터는 이제 A-2 고속도로를 탈 수 있을 것이다. 이반은 힘을 주려는 듯 핸들을 세게 붙잡고 동생을 바라보았다.

"이제 내가 하는 말을 잘 들어야 해. 취리히행 표를 끊은 건 실수나 착오가 아니야."

"무슨 말인지 모르겠어."

"네가 알아듣던 못 알아듣던 상관없어." 이반이 목소리를 높였다. "듣기만 하고 내가 말하는 대로 해야 해. 아빠의 미래, 그리고 당연히 우리 가족의 미래가 지금 위험에 처해 있어."

파블로는 두려움을 느꼈다. 감히 아무 말도 하지 못했다. 신호등이 초록색으로 바뀌고 자동차가 다시 달렸다.

"너는 취리히로 돌아가는 거야. 그렇게 하기로 했어." 이반의 말은 무슨 선고 같았다. "공항 입구에 너를 내려 주면 1초도 지체하지 말고 검색대를 통과해서 탑승구 쪽으로 가. 나는 공항에 들어가지 않을 거야. 네가 차에서 내리는 동안만 터미널 앞에 멈출게."

"두려워하는 게 있는 거야?"

"아니야, 하지만 글자 그대로 계획에 따라야 해."

"나는 아무 계획도 세우지 않은 거 알잖아."

"잘 들어. 그리고 내가 하는 말을 머릿속에 녹음해 놓아."

"말해 봐."

"탑승구 쪽에 요구르트 가게가 있어. 모든 종류의 요구르트가 있지. 그 주변에 있는 테이블에 자리 잡고 요구르트를 살 수 있어. 흰색으로 주로 장식이 되어 있는 곳이야."

"응, 나도 알아. 체인점이야. 어디든 있어."

"공항에는 딱 하나만 있어. 그리고 아마도 네가 탈 탑승구가 바로 그 앞일 가능성이 커. 아직 확인할 수는 없지만 취리히로 가는 비행기는 대부분 거기에서 출발해. 거기 가면 테이블에 앉아 있는 젊은 여자가 있을 거야. 살그머니 그 여자에게 다가가. 그 옆에 앉아서 잠시 이야기를 나누면서 뭘 먹어도 되고……. 그 여자가 너에게 딱딱하지 않은 검은색 파일을 줄 거야. 그걸 받아서 네 짐인 것처럼 네 배낭 안에 넣으면 돼."

파블로는 형의 말을 막으려다 계속 듣기로 했다. 이제 상상했던 영화의 잘 연결되지 않던 장면이 이해되면서, 모든 것이 빠르게 빙글빙글 돌아갔다. 자신이 태풍의 한복판에 있는 것 같았다.

"그 여자에게 질문도 하지 말고 아무 이야기도 하지 마." 이반이 계속 이야기했다. "네 이름도 말하지 마. 음악과 날씨, 요구르트, 그런 시답지 않은 대화만 해. 그리고 검은 파일을 네 배낭에 잘 넣은 다음에 같은 방식으로 일어나서 탑승구를 향해 가는 거야. 취리히에 도착하면 택시를 타고 바로 우리 집으로 가. 내가 준 열쇠 있지?"

"응."

"금고에 검은 파일을 보관해. 비번 기억하지?"

"응."

"무척 간단한 일이야, 그렇지?"

"그런데 왜 그 여자가 지난번처럼 취리히까지 가지 않는 거야?"

"네가 가져가는 게 더 안전할 거야. 경찰이 배달원들을 색출하려 한다는 정보가 있어. 그래서 그 여자가 바라하스 국제공항의 검색대를 통과하는 임무만 맡았어. 그다음은 네가 이어받는 거지."

둘은 잠시 침묵을 이어갔다. 이반은 동생이 사소한 것 하나라도 놓치지 않도록 그 모든 이야기를 다시 한번 해 주었다. 파블로는 갑자기 가족의 계획에 던져진 자신을 보았다. 이제 조연이 아니라 자신이 주인공이 된 것이다. 이것이 자신이 원했던 것인지, 아니면 반대로 가족들이 아무런 설명도 없이 다시 한번 자신을 마음대로 끌어들인 것인지 그는 궁금했다.

"파일 안에 든 게 뭔지 이야기해 주지 않았어."

"무척 중요한 서류들이야."

"그런데……." 파블로가 말을 더듬었다. "아빠에게 위험한 거야?"

"그래."

"없애 버리는 게 낫지 않을까?"

"아니, 없앨 수 없어." 이반이 단호하게 말했다. "그래서 꼭 외국으로 가지고 나가야 해."

"거기에 천국이 달려 있어?" 파블로가 질문하는 말투가 달라졌다.

"무슨 말이야?"

"천국 말이야. 기억 안 나? 형이 천국 얘기를 했잖아. 우리가 여러 생을 살 수 있는 천국이라고."

"그렇게 말할 수 있지."

이반은 공항 터미널을 찾고 출국 방향으로 들어갔다. 여행객이 차를 타고 내리는 곳에 멈춰서 동생에게 빨리 차에서 내리라고 신호했다.

"자, 자, 이야기해 준 거 하나도 잊어버리면 안 돼." 동생에게 말했다. "우리가 함께 있는 시간이 짧으면 짧을수록 좋아. 내 집의 금고에 검은색 파일을 넣고 잠그자마자 나에게 전화해. 그리고 만일 무슨 문제라도 생기면⋯⋯."

"아무 문제 없을 거야." 이미 자동차에서 내린 파블로가 말했다. "이제 가."

"나를 믿어, 파블로."

차는 다시 시동을 걸고 멀어져 갔다.

파블로는 형의 작별 인사를 생각하며 공항으로 들어갔다. 이반은 보통 때처럼 파블로를 꼬맹이라고 부르지 않고 이름을 불렀다. 의심할 여지없이 그건 무언가를 뜻했다. 그러나 변화가 생기기에 적절한 순간인지 궁금했다. 남이 원할 때 꼬맹이인 것도 그만두어야 하는 건가? 게다가 형의 말도 마음에 들지 않았다. '나를 믿어'라니. 왜 계속 형을 믿어야 하는 거지? 자신에게 떠넘긴 일이 그토록 그를 괴롭혀왔던 질문에 대한 대답이나 마찬가지였다. 스스로 결론을 내리고 진실을 찾아야 한다고 이야기했던 형과 엄마 말이 맞았을 수도 있다. 그런데 만일 그것이 이미 일어났다면 왜 중요한 결정을 할 때 그는 계속 주변에 머물러야 하는 것일까?

검색대를 아무 문제없이 통과하고 탑승구 쪽을 향해 걸어갔다. 주의 깊게 면세점과 패스트푸드 식당들, 커피숍들을 살펴보았다. 곧 형이 말한 장소를 발견했다. 천연 요구르트, 요구르트 셰이크, 모든 종류의 과일 요구르트, 마시는 요구르트 등등…….

한 젊은 여자가 테이블에 앉아서 과일 요구르트를 먹으면서 이어폰을 끼고 휴대폰을 만지작거리고 있었다. 그 옆에 앉았다. 그녀는 놀라지 않았다. 그에게 미소를 지었다. 파블로는 형이 해 주었던 모든 충고를 기억했다.

"음악 듣고 있어요?"

"응."

"나도 가끔 음악 듣는데."

"친구들 밴드야."

"어떤 종류의 음악을 하는데요?"

"이것저것 여러 스타일을 섞어서⋯⋯."

음악 이야기의 소재가 떨어지자 그녀가 먹던 요구르트가 얼마나 맛있는지 이야기했다.

"먹어 볼래?"

"아니요, 괜찮아요."

이야기를 이어가던 순간 여자가 검은 파일을 가방에서 꺼내 테이블 위에 올려놓았다. 파블로는 모르는 척하려고 했지만 계속 여자를 바라보지 않을 수가 없었다. 그 안에는 가족의 미래가 달려 있을 만큼 중요하고도 위험한 서류가 들어 있었다.

태연한 척 가장하면서 검은 파일을 집어서 배낭을 열고 구겨지지 않도록 조심스럽게 배낭 안에 넣었다. 계속 이야기를 이어갔다.

"날씨가 참 좋지?"

"네, 여름이 다가왔어요."

그러고 나서 자리에서 일어났다. 둘은 미소를 지었다. 여자는 계속 요구르트를 먹었고 파블로는 자리를 떴다. 멀어지기 전에 보니 요구르트 용기는 비었고 실제로 먹는 척만 하는 것이었다. 탑승구는 바로 앞에 있었다. 그토록 세밀한 부분까지 이반은 적중했다. 그곳에서 어렵지 않게 그녀를 관찰할 수 있었다.

그녀는 움직이지 않았다. 계속 이어폰을 끼고 휴대폰을 만졌다. 의심할 것도 없이 파블로가 받은 것만큼이나 분명한 지침을 받았을 것이다. 시계를 보았다. 탑승하려면 아직 15분이 남았다. 그때 형의 계획에는 들어 있지 않았던 결심을 했다. 다시 그녀에게 다가가서 옆에 앉았다.

"탑승하려면 15분이 남았어요."

그녀가 놀라서 파블로를 바라보았다.

"문 앞에서 기다리는 편이 나을 거야." 그녀가 말했다.

"이거 돈 때문에 하는 거예요? 그런 거예요?"

"넌 뭐라고 생각하는데?"

"검은 파일 속에 뭐가 있는지 알아요?"

여자가 불편한 듯 바라보았다. 파블로가 다시 나타나서 당황했다. 그녀가 받은 대본에는 없던 일이기 때문이었다. 그리고 이미 임무를 확실하게 완수했다.

"몰라." 대답했다.

"이걸 준 사람이 누군지 알아요?"

"아니."

"그럼 내가 누구인지는?"

"몰라."

"알겠어요."

"내가 유일하게 아는 건 너는 이제 여기에 있으면 안 된다는 사실이야."

"경찰이 나타난다고 상상해 봐요."

"그럴 수 있지. 하지만 나는 알리바이가 있어."

파블로는 일어나서 다시 탑승구 쪽으로 갔다. 탑승객들을 부르기 시작했다. 이반이 비즈니스 클래스 좌석을 사 주었기 때문에 줄을 서서 기다릴 필요가 없었다. 휴대폰에서 표가 있는 화면을 찾았다. 고개를 돌려보았다. 여자는 꼼짝 않고 그대로 있었다. 공부한 대본을 글자 그대로 연기하는 배우였다. 그런데 누가 그 대본을 썼을까? 형일까, 아버지일까, 이 사건을 맡은 변호사들일까, 모두의 합작품일까? 확실한 건 자신은 아무 상관이 없다는 것이다. 새로운 검색대를 지나서 비행기 문과 연결된 복도를 걸었다. 마지막으로 다시 고개를 돌려보았다. 모든 것은 그대로였다. 비행기가 활주로에서 속력을 내기 시작했을 때 파블로는 다시 그 여자를 생각했다. 아직도 테이블에 앉아 있을까? 아니면 이제는 떠났을까?

이반이 아무 문제 없을 거라고 여러 차례 말했다. 그 말대로 아무 문제 없었다. 특히 취리히 공항에서 경찰이 여권을 살펴보고 나서 한마디 질문도 없이 통과시켜 주었다.

형 집으로 가는 택시에서 배낭에 든 검은 파일을 생각했다. 그 서류는 스페인에서 멀리 떨어진 곳으로 와서 이제 안전했다.

어쩌면 천국의 열쇠가 될 수도 있었다. 그리고 그는 그 열쇠의 관리인이 되어 있었다. 요 몇 시간 동안 조종당하는 느낌에서 벗어날 수 없었다. 이해하지도 못하는 목적을 위해 본인의 동의 없이 분명히 이용당했다. 그렇지만 그 택시 안에서 변화를 느꼈는데 자신도 놀라움을 금치 못했다. 자신이 중요한 사람이 되었다는 느낌이었다. 아주 중요한 사람이 되었다는 느낌. 가족들은 그에게 크게 의존하고 있었다. 그건 이반이 이야기했던 천국도 마찬가지였다. 중요한 사람이라는 느낌은 기분 좋았다.

형 집에 들어와서 금고를 가리던 거울 쪽으로 갔다. 비밀번호를 완벽하게 외웠다. 금고를 열고 안을 들여다보았다. 금고는 생각보다 훨씬 더 컸다. 돈이 있었다. 많은 돈이 있었다. 고무줄로 묶인 두꺼운 500유로 지폐 다발이 세 개나 있었다. 서류와 문서들도 있었다. 분야별로 분류된 듯 어떤 것은 낱장으로 있었고 또 어떤 것은 파일에 들어 있었다. 권총 한 자루도 있었다.

서류를 꺼내어서 침대 위에 펼쳐 놓았다. 몇몇 서류를 읽어 보았지만 이해할 수 없었다. 어떤 건 계약서 같았고, 또 다른 건 주식이나 부동산에 관계된 것 같았다. 그 서류들의 내용이 무엇인지 이해할 수 없었다. 검은색 파일을 열어서 그 안에 들어 있던 것을 모두 다 꺼내 보았다. 똑같은 느낌이었다. 열심히 읽고 또 읽었다. 모든 진실을 밝혀 줄 분명한 증거가 될 서류를 찾았다. 그러나 곧바로 그 종이들이 아무리 중요해도 자신이 이해할 수 없는 언어로 작성되어서 아무것도 밝혀 주지 않을 것이라는 사실을 깨달았다.

조심스럽게 모든 서류를 다시 금고 안에 보관했다. 원래 있던 대로 넣으려고 애썼다. 검은 파일도 넣었다. 권총 쪽으로 손을 뻗어서 한번 잡아 보려고 했다. 그러나 손가락에 차가운 금속이 닿는 순간 멈췄다.

소파에 몸을 던지고 TV를 켜고 소리는 안 나게 했다. 그러고 나서 휴대폰을 꺼냈다. 형에게 전화하려고 하다가 왓츠앱으로 간단한 메모만 보냈다.

하란 대로 했어.

그런 다음 베티나에게 전화했다. 암흑 같던 그의 세상은 베티나를 떠올린 것만으로도 일순 빛으로 가득 찼다.

10장

형의 집 냉장고에서 먹을 만한 것을 꺼내 먹은 뒤, 그는 소파에 자리를 잡고 잠을 청했다. TV는 계속 소리 없이 켜 놓았다. 화면이 잠드는 데 도움이 될 것 같았다. 잠들려는 순간 휴대폰의 진동을 느꼈다. 휴대폰 화면을 보고 전화를 받기로 했다.

"아무 문제 없었어."

"그럴 거라고 했잖아, 꼬맹아."

"아무 문제 없었다고!" 파블로가 형이 다시 꼬맹이라고 부르는 것에 화를 참지 못하고 같은 말을 반복했다.

"아빠가 너를 무척 자랑스러워하실 거야." 이반이 기쁨을 감추지 못했다.

"그걸…… 아빠가 어떻게……" 놀라서 물었다.

"아빠는 모든 것을 다 알아."

"신처럼?"

"거의." 이반은 동생이 비웃는다는 사실을 느끼지 못했다. "감옥에서도 믿을 만한 변호사들과 나를 통해서 모든 것을 관리 하서. 최근 들어 문제가 좀 생겼지만 모든 게 잘 통제되고 있어."

"그렇게 보이진 않아."

"우리는 몇몇 영향력 있는 언론인이 모든 미디어에서 아빠 를 옹호하고 정당화하게 만들었어. 환풍기를 작동시켜서 쓰레 기 같은 것들을 날려 버리는 거야. 재판이 시작되기 전에 여론 을 형성해서 사람들이 판사와 사법 시스템을 불신하게 하는 게 무척 중요해."

"무척 간단해 보이는데."

"아니야, 우리를 괴롭히려는 적대적인 기자들도 있어. 하지 만 그렇다고 해서 낙담하면 안 돼. 아버지에게 배운 게 있어. 싸 워라. 포기하지 마라."

"라이트너 르 브링 학교에서도 계속 그 말을 되풀이해. 아마 아빠가 그래서 나를 그 학교에 보냈나 보네."

"그 학교도 그렇게 가르친다고?"

"꿈을 이루기 위해 싸워라. 그렇게 가르쳐." 파블로가 말했 다. "형은 아빠가 꿈을 현실로 만들기 위해 싸운다고 생각해?"

"아빠는 자신이 이룬 걸 지키기 위해서, 우리를 위해서, 가족 을 위해서 싸우는 거야."

"그래, 그럴 것 같았어." 마지막 말을 하면서 파블로는 실망

감을 감추지 못했다.

"기운 내, 파블로." 이반이 다시 이름을 불렀다. "문제가 없다고는 못 해. 우리는 그 사실을 부정하지 않아. 모든 사람을 다 우리 편으로 삼을 수는 없어. 하지만 그렇다고 해서 걱정할 필요는 없어."

"나는 아빠가 체포된 뒤로 걱정을 멈출 수 없어."

"당연해. 나도 걱정했어. 모두들 마찬가지야. 하지만 그것도 정도껏 하는 거야. 우리는 포기하지 않아. 백기를 들지 않을 거라고. 미리 감옥에 갇힌 것처럼 굴지 않을 거야. 그런 거야말로 우리의 적들이 바라는 거니까."

"누가 우리의 적이야?"

"전혀 예기치 못했던 곳에 있어. 최근까지 아빠와 포옹하던 배신자도 있고, 우리를 팔아서 명성을 얻으려는 자들도 있어."

"어떤 명성?"

"자신이 의로운 사람, 슈퍼맨, 진실을 밝히려는 사람이라고 대중에게 나서는 거야. 하지만 그들 마음속에는 다른 사람의 상처를 후벼 파서 돈을 벌겠다는 생각밖에 없어." 이반이 확신에 차서 말했다. "그중 몇몇은 정말 고약해."

"누군데?"

"자기랑 상관없는 일에 코를 박고 다니는 인간이 하나 있어. 아주 오만하고 성가신데 더 나쁜 것은 무척 위험할 수도 있다는 거야."

"판사?"

"아니, TV 기자야."

갑자기 파블로에게 직감적으로 그 불편한 기자의 이름이 떠올랐다. 형에게 물었다.

"후안마 볼메르야?"

"그를 안다고?" 질문에 앞서 침묵이 흘렀다.

"그 사람 보도를 몇 개 봤어. 스위스의 여러 채널에서 방송했고 인터뷰도 했어."

"내 말이 그거야. 자신을 탐사 저널리스트라고 하면서 진실을 밝히는 데 책임이 있다고 하지. 근데 실상은 사냥개처럼 킁킁거리며 돌아다니다 주운 걸 방송국에 팔아넘기는 것뿐이야. 평생 그 일만 해 온 인간이야. 아주 조심해야 해. 그 인간이 아빠를 주목하고 있어."

"상상이 가."

"그 인간도 우리를 조심해야 할걸."

"무슨 뜻이야?"

이반이 이미 너무 많은 이야기를 했다고 생각한 듯 갑자기 주제를 바꾸었다. 느긋하고 무심한 말투로 이야기했다. 파블로도 형의 태도 변화를 감지했다.

"저녁은 먹었니? 냉장고에 뭐……."

"응, 벌써 먹었어."

"그럼 언제 학교로 돌아갈 거야?"

"내일 아침 일찍."

"좋은 생각이야."

파블로도 학교로 돌아가는 것이 좋겠다고 생각했다. 하지만 그건 베티나를 다시 만날 수 있기 때문이다.

다음 날 아침 예정했던 대로 아침 식사 시간보다 조금 일찍 학교에 도착했다. 제일 먼저 교장실에 들러 돌아왔다고 보고 했다.

"마드리드에 간 일이 다 잘 되었기를 바란다."

르 브룅 선생님은 더 다른 말은 하지 않았다. 그것이 학교의 방식이었고 좋은 태도, 신중한 교육 지침이기도 했다.

"네, 감사합니다."

"그럼 다시 학교생활로 돌아가도록 해."

식당에서 베티나와 다시 만났지만 너무 티를 내지 않기 위해 조심해야 했다. 함께 식탁에 앉아서 숟가락으로 채소를 떠먹으면서 이야기를 나누었다. 두 사람 모두 안 보고 지낸 지가 천년은 된 것 같았다.

학교 수업이 끝나고 오후가 되어서 주변을 산책하려고 함께 나왔다. 수많은 이야기를 나누었다. 그러나 베티나는 정말 중요한 이야기가 빠졌다는 사실을 알았다. 재촉하고 싶지 않았기에 자연스럽게 이야기가 나올 때를 기다렸다. 그러나 파블로는 피했고 일부러 다른 이야기를 꺼냈다. 베티나는 점점 화가 났고 마침내 참을 수 없었다.

"마드리드에 갔던 일은 한마디도 하지 않았어." 베티나가 말했다.

"마드리드?"

"그래, 마드리드에 다녀온 일. 거기에 더 오래 있을 줄 알았어."

"아! 다 잘 되었어."

"그 말만 할 거야?"

파블로는 새로운 대화가 불편했다. 불편한 마음을 숨길 수 없었다.

"무슨 말을 더할 수 있겠어? 다 괜찮아."

"괜찮다고? 너희 아버지가 감옥에 계시는데?"

파블로는 이미 베티나를 안다. 언제나 모든 일의 끝까지 가려고 하는 고집을 안다. 그래서 학교에서 똑똑한 학생 중 하나가 되었다.

"내 말은 모든 것이 관리된다는 말이야." 계속 다른 말로 둘러댔다.

"관리?"

"우리 형과 변호사들과 그리고 우리 아버지가⋯⋯. 그들이 모든 것을 관리하고 아버지를 변호해. 감옥에서 나오기 위해서 해야 할 일을 안다고. 그러려고 이미 몇 가지 일을 행동에 옮겼고 아마 곧바로 새로운 사실을 알게 될 거야." 파블로는 이런 설명을 하면서 끔찍하게 불편했다. 왜냐하면 스스로 그 말에 대한 확신이 없었기 때문이다.

"하지만 내가 알고 싶은 건 네가 뭔가 새로운 것을 알아냈는지 하는 거야." 베티나가 말을 끊었다.

"무슨 말을 하고 싶은 거야?"

"너 그래서 마드리드에 갔던 거잖아. 안 그래?"

"밖에서 사람을 비판하는 것이 얼마나 쉬운 일인지 알아냈어. TV 프로그램을 하나 보고서 거기서 말하는 것이 모두 사실이라고 믿는 것이 얼마나 쉬운 일인지 알아냈어." 파블로는 눈에 띄게 예민해져서 했던 말을 되풀이했다.

"무슨 말인지 모르겠어." 베티나가 당황했다.

"알지 못하면서 비판하는 건 무척 쉽다고."

"나는 아무도 비판하지 않았어." 베티나가 짜증을 냈다.

"우리 아버지가 유죄라고 말하려고 하잖아." 파블로가 목소리를 높였다.

"잘못 생각한 거야!" 베티나가 즉시 반박했다. "그냥 너에게 질문을 했을 뿐이야. 그래, 네가 그 질문에 대한 답을 찾았기를 바랐어. 하지만 그건 나를 위해서가 아니라 너를 위해서야."

"나는 너한테 대답했어."

"자신을 속이지 마. 너는 대답을 하지 않았어." 베티나가 조련되지 않은 전사로서의 영특함을 드러냈다. "왜 그런지 말해줄게. 네가 모르기 때문에 대답하지 않은 거야."

"아니, 알아!"

"너희 아버지가 유죄인지 무죄인지 정말로 알아?"

파블로는 안다고, 그 질문의 답을 안다고, 그리고 그 대답을 스스로 찾았다고 말하려고 했다. 하지만 고개를 숙이고 말을 잇지 못했다.

'알아, 알아, 안단 말이야……!' 속으로 반복해서 외쳤다.

베티나의 눈을 바라보고 싶지 않았다. 왜냐하면 그렇게 하면 답을 하는 것이 될 거라고 생각했기 때문이다.

침묵 가운데 산책을 계속했다.

'알아, 알아, 안단 말이야……!'

그 말을 할 수 없는 뭔가가 있었다. 큰 소리로 그 말을 한다면 진실을 받아들이는 수밖에 없을 것이다.

"내가 고집을 부려서 미안해." 학교로 돌아왔을 때 베티나가 말했다.

"사과할 필요 없어."

"프랑켄슈타인의 괴물 자리에 한번 있어 보라고 나한테 부탁했던 적 있지? 생각나? 그렇게 하고 나서 나는 몇 가지를 이해했어. 네 침묵을 존중해야 한다는 것을. 하지만 지금 나는 그렇게 하지 못했고 내가 충동적으로 행동했던 것 때문에 나 자신에게 화가 나. 그래서 미안하다고 한 거야."

"사과할 필요 없어." 파블로가 다시 말했다.

그 뒤 며칠 동안 베티나와 서먹했다. 표면적으로는 모든 것은 똑같았다. 계속 사랑했고 그 사랑은 저수지 물이 넘치듯 그들의 온몸에서 뿜어져 나왔다. 그러나 둘은 함께 들어갈 수 없는 영역, 아무도 들어갈 수 없는 공간이 존재한다는 사실을 의식했다. 파블로가 자물쇠를 꼭꼭 걸어 잠갔다. 그들 사이에 존재하는 그늘과 침묵의 그 공간은 불편했다. 그 장벽을 계속 덮어두는 것 때문에 베티나가 화가 났다면 파블로는 진정으로 사랑하는 여자에게 그의 마음을 열어 보일 수 없다는 사실이 진짜 비극으로 느껴졌다.

날씨가 좋아서 학교 밖에서 하는 현장학습이 풍성했다. 대부분이 알프스산맥을 형성하게 된 지질학적 과정 또는 기후 상태와 관련이 있었다. 파블로는 빌라 디오다티나 로드 바이런, 메리 셸리, 그리고 무엇보다 프랑켄슈타인의 괴물로 문학 수업을 했으면 했다. 게다가 빅토르 위고나 마크 트웨인 같은 다른 작가들도 시기를 달리해서 그 산골 마을을 찾은 적이 있었다는 사실도 알게 되었다.

"빅토르 위고 작품 읽어 본 거 있어?" 수업 중에 조그만 소리로 베티나에게 물었다.

"파리에서 『레미제라블』을 보았어. 너는?"

"나는 마드리드에서 보았어. 그러면 마크 트웨인 작품은?"

"톰 소여는 내 영웅이야."

"그 두 작가도 알프스에 왔었대."

선생님이 설명을 중단하고 말없이 두 사람을 바라봤기 때문에 이야기를 멈췄다.

학기 말이 다가옴에 따라 선생님들은 수업에 더 집중하도록 했고 모든 과제의 제출 날짜도 정해졌다. 학생 대부분은 초조함을 느껴야 했다. 왜냐하면 손에 잡힐 것 같은 목표가 마지막 순간에 마법처럼 달아나고 멀어질 수도 있다는 두려움을 느꼈기 때문이다.

파블로는 좋은 성적을 유지해 왔다. 거의 가장 높은 성적을 받았다. 그래서 스스로 뛰어난 성적으로 라이트너 르 브룅 학교를 졸업하고 어느 대학이든 지원할 수 있을 거라고 생각했다. 하지만 마지막 결승에서 패배한 것 같은 느낌이었다. 머릿속은 공부나 과제, 연구 같은 주제에서 멀리 벗어나 있었다. 체력이 바닥난 것도 아니고 적절하게 호흡을 할 수 있는 공기가 모자란

것도 아니었다. 방향성을 잃었다는 생각이 강하게 들었고 어디로 가야 할지 알 수 없었다. 그리고 더 나빴던 것은 왜 앞으로 가야 하는지 알 수 없었다. 오래전부터 그의 머릿속에서 진짜 전쟁이 시작되었다. 자신이 어떤 결단을 내려야 한다고 생각했지만, 곧바로 세상과 삶이 결단을 강요한다고 괴로워했다.

때때로 형을 생각했다. 형은 그에게 몰려오는 것과 같은 의심들을 절대 느끼지 않는 것 같았다. 이반은 모든 것이 단호했다. 형의 유일한 바람은, 아버지가 그들이 부탁하지 않았는데도 그들을 위해 만든 천국, 파블로가 유령으로 가득 찼다고 믿는 천국을 위해 죽을힘을 다해 싸워야 한다는 것뿐이었다. 가끔 형이 부러웠다. 그런 확신이 있다면 얼마나 좋을까 생각했다. 또 아버지가 왜 집에서 멀리 떨어진, 어린 학생에게 올바른 가치관을 심어주고, 윤리·토론·창의성에 관한 이해를 깊게 하고, 비판적인 양심을 발달시키고, 정의감과 자유를 강조하는 이 학교에 자신을 보냈는지도 이해할 수 없었다.

베티나와의 대화는 가끔 미궁에 빠진 느낌이 들었다. 그럴 때면 베티나는 프랑켄슈타인의 괴물을 생각하고 참을성 있게 그 상황을 받아들였다.

"이 학교에 온 건 아무 잘못이 없어."

"그런가."

"다른 학교에 갔더라면 너를 만나지 못했을 테니까."

"그건 그래."

"나는 좋아."

"학교가?"

"어른이 되면 나도 모교를 좋게 말하는 사람 중 하나가 될 거야."

베티나는 파블로를 바라보면서 그의 머릿속으로 들어가 질서를 찾아 줄 수 있는 특별한 힘이 있다면 얼마나 좋을까 생각했다.

"어렸을 때 읽었던 이야기가 생각나."

파블로가 말을 꺼냈다.

"제목이 뭔데?"

"제목은 잊어버렸어."

"무슨 이야기였는데?"

"주인공이 가족들 때문에 괴로워했어. 주인공과 의논 없이 모두들 그를 위한 미래를 준비했어. 아버지는 이렇게 말했어. '어른이 되면 이걸 해라.' 그리고 어머니는 '다른 걸 해라.', 그리고 할머니는 '아니야, 내 말대로 해.'라고. 그리고 또 할아버지는 '내 말을 들어.'라고 했고, 또 외할머니는…… 가엾은 아이는 혼란스러웠어."

"당연하지."

"그런데 아이는 어른이 되었을 때 하고 싶은 일이 분명하게 있었어."

"뭔데?"

"등대지기."

"왜?" 베티나가 무척 놀랐다.

"혼자 있기 위해서."

"그의 소망이 혼자 있는 거였어?"

"아니."

"그러면······."

"그의 소망은 자유로워지는 거였어. 그래야만 스스로 미래를 결정할 수 있다는 사실을 알게 되었어."

베티나는 곧바로 그 이야기를 생각했다. 왜 파블로가 그 이야기를 했을까? 그리고 파블로가 그 이야기로 무슨 메시지를 전달하고 싶었던 것일까? 파블로 역시 등대에 가서 살고 싶었을까? 수없이 많은 질문이 떠올랐고, 질문 하나하나가 메시지일 가능성을 담고 있었다.

"이제야 그 이야기가 무엇을 뜻하는지 이해하게 되었어." 파블로가 계속했다. "우리 인생에서 가장 중요한 결정은 등대에서 해야 해. 그러니까 혼자 해야 하는 거야."

"나는 동의하지 않아."

"그래, 어쩌면 내가 틀렸을 수도 있어." 그는 어깨를 으쓱했다.

"맞아, 네가 틀린 거야."

파블로는 미소 지으며 이야기 속의 이미지를 머릿속에서 지우려고 했다. 때때로 그랬던 것처럼 사랑에 빠져서 행복한 마음으로 베티나를 바라보았다. 그의 몸이 신비롭게 녹아들어서 베티나의 몸과 합쳐지는 것 같았다. 그는 그 느낌을 사랑했다.

"생각이 났는데. 우리가 이 이야기를 70년 뒤에도 할 수 있을 거야."

"그렇게나 뒤에?" 베티나가 해맑게 싱긋 웃으며 파블로를 쳐다보았다.

"그때 우리는 여든일곱 살이야."

"그때도 우린 함께 있겠지."

"그렇지 않을까."

"그럴 거야."

"우리는 열심히 살았을 거야. 그리고 틀림없이 우리 인생의 중요한 결정을 혼자서 할 수도 있고 아니면 함께 할 수도 있다는 사실을 경험으로 알았을 거야."

"그랬을 거야." 베티나가 웃었다. "70년 동안 우리가 지금 나눈 이야기를 잊지 않았으면 좋겠어. 나이가 들면 기억력이 나빠지잖아."

둘은 웃으면서 서로 끌어안았다. 포옹은 몸의 한계를 잊게 했다.

밤이 되어 방에 혼자 있게 되면, 파블로는 모든 유령의 방문을 피할 수 없었다. 어떤 유령은 프랑켄슈타인의 괴물처럼 잘 맞이해서 긴 대화를 나누었다. 그러나 허락 없이 들어온 다른 유령들은 생각지도 않은 때에 나타나서 잠을 못 자게하고 삶을 혼란스럽게 하면서 미래를 불확실 속에 빠뜨렸다.

불면증으로 잠을 이루지 못한 어느 날 밤, 그는 침대에서 일어나서 이런저런 생각에 지쳐서 태블릿을 보면서 잠시 기분을 전환하기로 했다. 다른 때에도 자주 그랬다. 먼저 베티나가 있나 보려고 스카이프를 연결해 보았다. 하지만 베티나가 없어서 누군가 말을 걸기 전에 바로 나왔다. TV 시리즈를 하나 볼까도 생각했지만 다 지루하고 뻔한 이야기들뿐이었다. 음악을 찾다가 최근 나온 영화들을 보게 되었다. 여러 나라에서 가장 많이 본 영화의 리스트를 비교해 보았다. 영화는 거의 미국의 독점적인 사업인 것이 분명해 보였다. 아주 능숙하게 미디어의 세계를 다뤘다.

게임을 할까도 생각했다. 그러나 왠지 모르게 첫 페이지로 가서 '스페인 부패 사건'이라고 쳐 보았다. 곧바로 화면이 수많은 사건으로 가득 찼다. 제목들을 읽어 보았다. 그중 몇 개는 오래전 사건이었다. 그러던 그는 무척 눈길을 끄는 그날의 기사를 발견했다. 형을 불편하게 한 탐사 저널리스트 후안마 볼메르의 말을 인용하는 매우 인상적인 뉴스였다. 그는 페이지를 열고 뉴스를 보기 시작했다. 그 기자의 말을 들으니 소름이 돋고 온몸이 극도로 긴장되었다. 그는 아버지의 길고 긴 범죄 리스트를 열거하고 증거를 내보이면서 직접 아버지를 비난했다. 후회한다고 고백하는 연루자들의 증언과 녹음, 서류 등을 증거로 제시했다. 그는 영화 아닌 실제 사건이라고 강조하면서 아버지가 국회의원이었던 수년 전에 시작된 사건의 필름이라고 부르는 것을 자세히 설명하며, 프레임이 밀리미터 단위로 정확하게 딱 맞아떨어진다고 말했다. 그는 며칠 안에 정말 놀랄 만한 결정적인 증거를 보도하겠다고 했다. 즉 경찰이 무척 중요한 서류를 발견했고 이미 경찰이 그 흔적을 쫓고 있으니, 마침내 사건의 규모가 명백하게 밝혀질 것이고 당연히 책임자들도 알게 될 것인데 그들의 수장은…….

파블로는 태블릿을 꺼 버렸다. 전에는 잠들기가 어려웠다면 이제는 잠들려는 시도조차 불가능했다.

11장

몇 시에 잠이 들었는지 몰랐다. 그러나 6시에 가족들이 웅성거리는 소리가 들리는 듯했다. 악몽일 거라 생각하고 더 잠을 자려고 했다. 하지만 그 웅성거림은 멈추지 않았다. 머리 아주 가까운 곳에서 들려왔다. '꿈을 꾸는 게 아니야.' 정신을 차리려고 했다. '아, 내가 아는 소리네. 침대 옆에 있던 내 휴대폰이 울리는 소리야.' 눈을 뜨지도 못한 채 몸을 일으켜서 더듬더듬 휴대폰을 찾았다. 전화를 받았다.

"파블로, 파블로! 내 말 들려? 아직 안 일어난 거야?" 형은 무척 초조해했다.

"무슨 일이야?" 갑자기 눈을 떴다.

"자, 정신 좀 차려 봐."

"나 눈 떴어. 무슨 일인데?"

"확실하게 잠에서 깨어나야 해."

"다 깼어." 일어나서 침대 끝에 앉았다.

"그럼 내 말 잘 들어."

"잘 듣고 있어."

이반의 초조함과 긴장이 그대로 파블로에게 전해졌다. 파블로는 조금 전 잠들어 있었다는 사실조차 모두 다 잊어버렸다.

"내 말대로 네가 좀 해 줘야 해. 아주 급하고 꼭 해야 하는 일이야. 취리히에 있는 내 집에 가서 금고 안에 있는 것들을 모두 다 꺼내 와, 모두 다!"

"형은 계속 마드리드에 있는 거야?"

"응, 지금은 내가 여기서 움직이는 게 좋지 않아. 나도 감시 당하는 것 같아."

"형을?"

"응, 하지만 크게 중요하지는 않아. 내가 특별한 일을 하지 않았다는 것을 확인할 테니까. 하지만 만일 내가 취리히로 여행을 가면 경계하게 될 거야. 그래서 네가 가줘야 해. 내 말 알아들었어?"

"형 말은 분명히 알아들었어. 그런데 왜 그래야 하는지는 모르겠어."

"수사팀이 취리히에 집이 있다는 사실을 알아냈어. 거기에 유죄의 단서가 될 뭔가를 보관했을 거라고 의심해."

"하지만 그건 사실이잖아."

"그래서 거기에 있는 서류들을 모두 다 꺼내 와야 하는 거야."

"일이 다시 복잡하게 꼬여가는구나." 파블로가 혼잣말했다.

"후안마, 그 인간 덕분이야." 이반은 화가 잔뜩 나 있었다. "그 인간이 스페인 경찰에게 알려 줬어."

"하지만 스페인 경찰이 남의 집에 들어갈 수는 없잖아. 게다가 스위스에 있는 집에."

"스페인 경찰은 인터폴과 스위스 경찰과 연락하고 있어. 압수수색영장을 발부받을 거야. 만일 금고 안에 있는 것을 찾아낸다면 모든 것이 끝장나. 모든 것이! 파블로, 모든 것이!"

"천국도?"

"쓸데없는 소리 하지 말고 내 말 잘 들어."

"잘 듣고 있다니까."

"오늘이 금요일이지."

"응."

"월요일 전에는 경찰이 집을 수색할 영장을 발부받지 못할 거야. 주말 안에 모든 일을 끝내야 해."

"왜?" 파블로의 머릿속은 끝없는 불확실함으로 가득 차 있었다.

"다시 말을 해야 하니?" 이반은 참으려고 무척 노력했지만 흥분하기 시작했다. "금고 안에 있는 것을 모두 다 꺼내라고!"

"그러고 나서 어떻게 해?"

"학교 네 방에 보관해."

"형 미쳤어?"

"아무도 학교는 의심하지 않을 거야. 게다가 오래지 않아 그 서류들을 보관할 곳을 찾게 될 거야, 꼭."

"말도 안 되는 일 같은데."

"잘 들어, 파블로. 말이 되는 일인지 안 되는 일인지 지금 그런 이야기하면서 시간을 끌 수 없어. 아주 빨리 움직여야 해. 지금은 네가 아빠를 판단할 때가 아니야. 가족을 판단할 때가 아니라고. 모든 것이 너한테 달려 있어."

"형이 나한테 꼬맹이라고 부르지 않았네." 갑자기 파블로가 말했다.

"너한테 한 말은 진짜 심각한 이야기야." 이반이 소리쳤다. 이렇게 중요한 순간에 시답잖은 이야기를 하는 동생을 이해할 수 없었다.

"알았어. 그렇게 할게."

"계속 연락하자."

"응."

오전 내내 파블로는 꿈속에 있는 듯 행동했다. 잠을 못 자서가 아니었다. 머릿속은 온통 휘몰아치는 구름 속에 갇힌 듯했고 심장이 뛰고 온몸이 후들거렸다. 해결책이 없고 해답도 없는 도덕적인 딜레마에 빠졌다. 칼과 벽 사이에서 꼼짝 못 하고 그물에 걸린 것 같았다. 아무 생각 없이 성스러운 책을 갉아먹는 생쥐처럼 그 고통은 그의 슬픔은 아랑곳하지 않고 무자비하게 그를 파괴하고 있었다. 친구들과 이야기하는 척했다. 수업에서 설명을 듣는 척했다. 심지어는 베티나가 걱정스러워하는 것도 모르는 척했다.

"괜찮아?"

"응."

"안 괜찮아 보이는데."

"오늘 오후에 취리히에 있는 형 집에 갈 거야."

"가족과 함께 있고 싶은 거야?"

"거기 아무도 없어. 형은 마드리드에 있어."

"나도 같이 갈게."

"아니야, 아니야. 곧 돌아올 거야."

"등대를 찾는 거야?"

"무슨 등대?"

"벌써 그 이야기 잊어버렸어? 혼자 있고 싶어서 등대를 찾던 아이 말이야. 그렇게 해서 자유로워지고 자기 인생을 결정할 수 있다고 믿었던 아이 말이야."

"아마도."

정오에 학교를 나와서 제네바 쪽으로 향했다. 거기서 기차를

179

타고 취리히로 가서 형이 시킨 대로 하기 위해서였다. 형의 말은 곧 명령이었다. 지금은 아버지를 중심으로 하나의 군대를 형성하고 단결해야 할 때다. 그 군대에서 그는 가장 낮은 서열이었고 그래서 아무 질문을 하지 않고 복종해야 했다. 거기에 정확하게 답이 있었다. 질문하지 않고 복종하는 것.

"나는 절대로 군인이 되지 않을 거야." 기차에 자리를 잡고 앉아 큰 소리로 말했다.

기차를 타고 가면서 아무 생각도 하지 않으려고 애를 썼다. 머릿속으로 여러 번 해야 할 일을 반복했다. 그렇게 함으로써 두려움과 근심, 그리고 무엇보다 의심을 떨쳐 버리려고 했다.

형 집 앞에 이르러 택시에서 내렸을 때는 해가 저물었다. 파블로는 현관문을 열었다. 모든 것이 낯익었지만 그곳에 한 번도 와본 적이 없는 것 같은 느낌이 들었다.

집 안에 들어갔을 때도 마찬가지였다. 전원 스위치가 어디에 있는지 알았고, 짧은 복도로 거실이 연결된 것도 알았고, 부엌이 어디 있는지, 침실이 어디 있는지, 거리로 향한 창문은 어디에 있는지, 뒷마당으로 향하는 창문은 어디에 있는지, 형이 와이파이 비번을 적어 놓은 종이는 어느 서랍에 들어 있는지, 그리고 소파가 침대만큼 편안하다는 것도 알았다. 그토록 친숙한 곳이 왜 갑자기 낯설고 모르는 곳, 알 수 없고 불편한 곳으로 느껴지는지 이해할 수 없었다. 거실 거울 뒤에 금고가 있다는 사실 또한 알았다.

비번은 외우고 있었다. 금고를 열고 그 안에 있는 모든 것을 꺼냈다. 소파 앞에 있는 낮은 테이블 위에 그것들을 늘어놓았다. 수없이 많은 종이가 있었다. 형은 그것들이 서류라고 했다. 제본된 것도 있었고 호치키스로 찍힌 것도 있고 낱장으로 되어 있는 것도 있었다. 며칠 전에 마드리드에서 직접 가지고 온 검은 파일도 있었다. 고무줄로 묶인 지폐 다발 세 개도 있었다. 저 돈은 얼마나 될까? 아무도 보지 못한 500유로짜리 지폐였다. 대부분의 사람은 이 정도 금액의 지폐가 존재한다는 것도 잊었을 것이다. 각각의 다발이 최소 200장 정도는 되는 것 같았다. 200 곱하기 500은 10만이다. 이반이 그 돈은 은행에 있는 돈과 비교하면 아무것도 아니라고 했던 말이 생각났다. 소박한 현금이었다. 또 권총도 있었다.

이반에게 전화를 걸었다.

"권총은 어떻게 해? 학교에 가지고 가고 싶지 않은데."

"권총은 중요하지 않아." 형이 대답했다. "아빠는 무기 소지 허가증이 있어."

"하지만 형 집에 있잖아."

"집은 아빠 이름으로 되어 있어. 그대로 놓아 둬. 하지만 그걸 만졌으면 지문을 지워야 하니까 잘 닦아. 금고와 거울도 잘 닦아야 해."

"돈도 그대로 놓아둬도 돼?"

이반은 잠시 말없이 어떻게 하는 것이 좋을지 생각했다.

"돈을 거기에 놓아두면 경찰이 가져갈 거야. 네가 서류들과 함께 보관해."

"하지만 너무 많아."

"며칠만 보관하면 돼. 다음 주면 모든 것을 숨기기 위해 아무도 찾을 수 없는 완벽하게 안전한 곳을 찾게 될 거야."

"알았어."

"언제 학교로 돌아갈 거야?"

"내일 일찍 갈 거야."

"좋아. 그리고 침착해. 너 잘하고 있어. 여기서 우리도 팔짱만 끼고 가만히 있는 게 아니야. 우리도 반격할 거야."

"이건 전쟁이 아닌데."

"전쟁이길 바라는 사람들이 있어. 하지만 그들이 전쟁을 원한다면 전쟁이 되겠지."

"나는 전쟁을 원하지 않아."

"계속 연락하자."

"응."

밤은 길었다. 잠시 베티나와 이야기를 나누었다. 하지만 그들의 사랑과 삶, 계획에 관한 이야기만 하려고 했다. 베티나는 형의 아파트가 파도가 쉬지 않고 휘몰아치는 바위 높은 곳에 있는 등대일 거라 상상했다. 그 파도가, 깜빡이는 하얀 불빛이 파블로에게 길을 가르쳐 주기를, 아니면 적어도 사소한 흔적이라도 남겨 주기를 바랐다.

그러고 나서 TV를 켜고 무척 낯익은 채널을 찾았다. 스페인 국제 방송이었다. 어떤 여왕의 이야기를 다룬 시리즈 한편이 끝나 갔다. 곧이어 뉴스가 나온다는 자막이 떴다. 파블로는 특별한 주의를 기울이지 않았다. 그러나 몇 장면을 보는 게 좋겠다고 생각했다. 음소거로 해 놓으려고 생각하고 소파에 있던 쿠션 사이에 있는 리모컨을 찾았다. 리모컨을 찾았을 때 아나운서가 그날의 특별한 뉴스들을 열거했다. 곧바로 아나운서가 누군가가 살짝 건네준 종이를 받았다. 놀라서 종이를 바라보고 나서 곧바로 카메라를 쳐다보았다.

방금 들어온 소식입니다 – 아나운서의 목소리는 무겁고 엄숙해졌다 - 몇 분 전에 탐사 저널리스트로 잘 알려진 후안마 볼메르가 마드리드에서 교통사고로 사망했습니다. 아직 원인은 밝혀지지 않았는데 그가 운전하던 자동차는 도시의 교외에 있는 집을 향해 고속도로를 벗어나고 있었습니다. 여러분도 잘 기억하듯이 최근 몇 달 동안 후안마 볼메르는 우리나라에서 가장 심각한 부패 사건을 취재하고 있었고 며칠 안에 결정적인 증거를 제시하겠다고 했습니다. 더 많은 소식이 들어오는 대로 자세한 소식을 전해드리겠습니다.

파블로가 아직 TV 소리를 없애지 않았지만 더는 들리지 않았다. 방금 들은 뉴스로 인한 충격 때문에 정신을 차릴 수 없었다. 몇 분 동안 꼼짝을 할 수 없었고 놀란 눈으로 이쪽저쪽 바라보면서 기계적으로 그 내용을 다시 볼 수밖에 없었다. 이제는 칼과 벽 사이에 있는 것처럼 느껴지지 않았다. 지금은 칼이 그의 몸을 찌르기 시작하는 듯 조여 왔다.

30분 정도 지나서야 일어날 수 있었다. 먼저 형에게 전화를 걸려고 했다. 하지만 전화를 건다 해도 아무것도 분명하게 밝혀질 건 없다는 생각이 들었다. 형은 계속 그를 화나게 했던 말을 다시 할 것이다. '네가 답을 찾아야 해.' 아직 답을 찾지 못했단 말인가? 아직 확실함이 의심을 대체하지 못했단 말인가? 그렇다면 그가 해야 하는 것은 무엇일까? 모든 가족이 그의 손에 달려 있었다.

벽에 등을 기대고 바닥에 주저앉았다. 눈물을 참으려 했지만 참을 수 없었다.

"운다고 해서 아무것도 해결되지 않아." 그의 옆에 있던 프랑켄슈타인 의 괴물도 바닥에 주저앉아 말했다.

"하지만 우리 안에 있는 괴물들을 모두 꺼낼 수 있게 도와주잖아. 괴물이라고 말해서 미안해. 기분을 상하게 하려던 건 아니야."

"사는 것은 어려운 일이야. 너는 익숙해져야 해. 내 말이 맞아. 나는 많이 알아."

"왜 사는 게 이토록 어려워야 하는지 이해할 수 없어."

"나도 이해 못 해. 하지만 확실하게 말해 줄 수 있는 것은 삶을 어렵게 하는 건 인간 자신이라는 거야."

"왜?"

"왜냐하면 양심의 목소리를 듣지 않기 때문이야."

"내 양심의 목소리는 내 머릿속에서 귀먹을 정도로 쩌렁쩌렁 소리를 질러."

"그런데 뭘 하려고 해?"

"모르겠어. 네가 나를 좀 도와줘."

"불가능해. 나는 괴물일 뿐이야."

뭔가를 찾는 듯, 아니면 출구를 찾는 듯, 아니면 거기까지 온 이유를 잊어버린 듯 일어나서 거실을 서성거렸다. 조금 전 앉았던 자리를 바라보았다.

프랑켄슈타인의 괴물은 이제 가고 없었다.

날이 밝기 전에 이미 모든 준비를 마쳤다. 권총을 닦아서 제자리에 두었다. 촉촉한 수건으로 금고의 지문과 또한 금고를 숨겨둔 거울의 지문을 지우는 것을 잊지 않았다. 심지어 그곳에 있었다는 사실을 자신에게도 보여 주고 싶지 않은 듯 식탁과 의자와 문과 가구와 TV 리모컨까지 수건으로 닦았다. 모든 서류를 챙겨서 배낭 안에 넣었다. 배낭 안에 옷은 거의 없었다. 세 개의 지폐 다발은 지퍼가 있는 배낭 안주머니에 넣었다. 가장 안전한 장소였다. 모든 것이 제자리에 있는지 확인했다. 시계를 보았다. 몇 분 전에 택시를 불렀다. 불을 끄고 문을 닫았다. 거리에 나온 순간 택시가 도착했다. 하늘이 밝아졌다. 구름이 몇 점 있었다.

"기차역으로 가 주세요."

제네바행 첫 기차를 탔다. 옆자리가 비어 있어서 반가웠다. 왜냐하면 그 자리에 프랑켄슈타인의 괴물이 와서 앉을 수 있다고 생각했기 때문이다. 한 가지 질문을 더 하고 싶었다. 다른 때에도 이미 했던 질문이다. '도둑과 살인 중에 뭐가 더 나빠?' 그러나 괴물은 기차를 놓쳤는지 파블로는 혼자 여행을 해야 했다.

'가장 나쁜 건 도둑놈과 살인자가 되는 거야.' 파블로는 생각했다.

학교에 도착하자마자 곧바로 방으로 갔다. 다행히 방의 모든 가구에는 열쇠가 있었다. 절대 자물쇠를 잠근 적이 없었다. 하지만 안에 보물을 간직하는 듯 열쇠를 이용하는 친구들도 있었다. 이제 파블로 자신이 그 안에 진짜 보물을 숨겨 놓으려고 했다. 물건들을 꺼내지 않고 몇 개의 가방 뒤에 담요로 덮어놓고 배낭을 숨겨 놓기로 했다. 그러고 나서 자물쇠를 채우고 문이 잘 닫혔는지 확인했다.

창문 밖을 바라보았다. 베티나가 정원에서 스테판과 이야기하고 있었다. 더웠다. 마침내 스위스에서 날이 더워졌다는 사실이 거짓말 같았다. 모든 것이 끝났다고 생각했다. 방금 형에게 전화해서 이야기했다.

"우리는 네가 자랑스럽다."

후안마 볼메르의 사망 사고에 관해 아무것도 묻고 싶지 않았다. 왜? 물을 필요가 없었다. 이미 답을 알았다. 누가 그 기자의 죽음에 책임이 있는지 확실하게 알았다. 그래서 아무것도 보지 않기 위해서, 아무것도 보고 싶어 하지 않기 위해서, 눈을 감는 편이 나았다. 중요한 건 가족이었다. 중요한 건 왕의 몸으로 스무 개의 삶을 살 수 있는 천국이었다. 어쩌면 언젠가 그곳에서 유령들에게 던져질지도 모르지만.

"왜 내가 그 천국에서 살고 싶어 하는지 나에게 미리 물어보지 않았어?"

베티나와 스테판은 정원에서 웃었다. 파블로는 방에서 울었다. 이야기 속의 아이, 등대, 고독, 자유를 생각했다.

정원으로 내려가서 베티나와 스테판 앞으로 갔다. 파블로를 보자 베티나의 눈빛이 반짝이며 벤치에서 뛰어와서 끌어안았다. 파블로는 그녀의 포옹과 부드러운 목소리에, 그녀의 말뜻에, 황금빛 머리카락에 굴복하지 않기 위해서 무진 노력을 해야 했다. 주먹을 꽉 쥐고 긴장했다.

"무슨 일이야?" 베티나가 이상하다는 듯 물었다.

"너한테 이야기할 게 있어."

스테판이 무척 당황해서 벤치에서 일어났다.

"나는 이제 갈게." 스테판이 말했다.

"아니, 가지 마." 파블로가 막았다. "내가 하는 말 들어도 돼."

베티나는 그 순간 파블로가 하려고 하는 말이 정말로 중요한 이야기라는 사실을 알았다. 갑작스러운 취리히 여행과 관계가 있는 이야기일 것이었다.

"나를 믿어." 베티나의 눈을 똑바로 바라보면서 말했다.

파블로는 눈을 감았다. 눈을 감지 않으면 끝없는 수평선과 같은, 맑게 해인 하늘과 같은 그 시선 속으로 빨려 들어갈 것 같았다.

"내가 하려고 하는 말은……. 우리 관계가 끝났다고." 눈을 뜨지 않고 말했다.

"뭐라고?" 베티나에게는 한마디 한마디가 발길로 차이는 것 같았다.

"우리는 끝났다고. 우리는 끝났다고……." 파블로가 반복했다.

마음속 가장 깊은 곳에 상처를 받은 베티나는 이를 악물고 파블로를 붙잡고 흔들었다.

"나를 봐!" 소리쳤다. "내 눈을 보면서 다시 말해 봐!"

그러자 파블로가 눈을 뜨고 베티나를 바라보았다.

"우리 끝났어." 다시 말했다.

베티나는 눈물을 참을 수 없었다.

"더 할 말 없어?" 괴로워하면서 파블로에게 물었다.

"더 할 말 없어."

"왜 그런지라도 말해 줘. 왜 갑자기 변했어?"

넋을 잃은 파블로는 터지려는 머리를 막으려는 듯 손을 머리에 대고 꽉 잡았다. 베티나가 눈물을 삼키고 침착하게 말했다.

"너 힘들다는 거 잘 알아. 하지만 왜 내가 네 옆에 있지 못하게 하려는 거야? 왜 너를 도와주지 못하게 하는 거야?"

파블로는 고개를 저을 뿐이었다.

절망해서 베티나는 방으로 뛰어갔다. 함께 꾸었던 모든 꿈이 갑자기 사라졌다. 하지만 더 나빴던 것은 서로의 마음을 주고받고 느꼈던 사랑이었다. 이제 산산조각이 난 그 사랑은 무엇이었던가?

스테판이 파블로에게 다가왔다.

"너 진심으로 말한 거야?" 아직도 놀라서 물었다.

"내가 이런 말을 농담으로 할 것처럼 보여?" 파블로가 질문으로 대답을 대신했다.

"만일 그랬다면 비열한 놈이지."

"비열하기만 해?"

"하지만 이해할 수 없어." 스테판은 방금 눈앞에서 일어난 일을 믿을 수 없었다. "너희는 이상적인 커플이야. 게다가 너희는 정말 사랑하잖아…… 사랑은 그렇게 하루아침에 끝날 수 없다고 생각해. 그래서 이해할 수 없어."

"나도 너무나 많은 것을 이해할 수 없어."

파블로는 몸을 돌려 멀어지려고 했다.

"잘 생각해 봐." 스테판이 말했다. "베티나는 정말 멋지고 똑똑하고 예쁜 친구야……"

"놀라운 친구지. 세상에서 가장 예쁜……"

"봤지? 너는 아직 사랑에 빠져 있어. 그래서 베티나가 가장 멋지고 세상에서 가장 예쁜 것처럼 보이잖아."

"그렇지 않다는 말이야?" 파블로가 조금 마음이 상해서 물었다.

"나는 더 객관적이야. 너한테는 그렇게 보일지 몰라도 나한테는 완벽하지도 않고 가장 예쁘지도 않아."

"나한테는 그래."

"서둘러서 결정하지 마. 문제가 무엇이든 해결될 수 있어. 잘 생각해 봐."

스테판이 계속 다시 생각해 보라고 말해서 파블로의 기분이 조금 좋아졌다. 잠시 걸음을 멈추고 스테판을 돌아보았다.

"스테판, 너는 참 좋은 친구야." 파블로가 말했다.

12장

방으로 돌아왔다. 시계를 보았다. 장롱을 열고 배낭을 꺼내어 만지작거렸다. 서류들. 돈. 모든 것이 그대로 있었다. 어깨에 배낭을 메고 나왔다.

재빨리 학교를 나와서 버스 정류장으로 향했다. 30분을 기다려야 했다. 기다려야 할 것을 예상했지만 조금 초조해졌다. 방금 결심한 대로 행동에 옮기려면 매우 급하게 움직여야 했다. 조금이라도 일이 잘못되면 큰일이었다. 계속 시계를 보면서 하려고 하는 일을 다시 분석했다. 모든 것이 분명했고 제대로 계획되었다. 단지 돌발 상황이 생길까 봐 걱정스러웠다.

'하지만 돌발 상황이 뭔데?' 대답하기 불가능한 질문이었다. 돌발 상황을 미리 안다면 막을 것이다. 가장 초조한 것이 나타날 가능성이었다.

다른 때처럼 버스는 제네바 시내로 들어섰다. 파블로는 기차역으로 가서 취리히행 왕복표를 샀다. 그날 아침에 가서 다음 날 아침에 돌아오는 표를 샀다. 기차 출발 시각까지 또 30분을 기다려야 했다.

승강장 벤치에 앉아서 누군가 그의 발걸음을 뒤따라온다면 놀라서 기절할 것 같다는 생각을 했다. 금요일 오후에 제네바에서 취리히로 여행을 했고 토요일 오전에 돌아왔는데 다시 또 같은 여정을 토요일 오후에 반복한다는 사실을 어떻게 이해할 수 있을까? 어쩌면 그것을 정당화시킬 상황을 알아낼 수 있을지도 모른다. 그러나 파블로는 그 어떤 상황도 자신이 처한 상황 같지는 않으리라 생각했다.

기차 옆자리는 이번에도 비어 있었다. 그러나 파블로는 이제 프랑켄슈타인의 괴물은 생각하지 않았다. 더는 괴물을 보지 않으리라는 확신이 있었다. 길에서 마주칠 수는 있어도 이제 각자는 고통스러운 자신의 운명을 걸어가야 했다.

전날처럼 날이 저물어서야 형 집에 도착했다. 실제로는 거기서 나온 적이 없는 것 같다는 느낌이 들었다. 문을 열고 불을 켜고 거실로 향했다. 소파에 배낭을 던지고 벽의 거울을 돌려서 금고를 열었다. 권총을 바라보았다. 그러고 나서 부엌으로 갔다. 깨끗한 행주를 찾아서 살짝 물에 적셨다. 다시 거실로 돌아와서 배낭 안쪽 주머니의 지퍼를 열고 지폐 다발을 꺼냈다. 금고에 다시 넣기 전에 행주로 닦았다. 지문이 남아 있지 않도록 확실하게 해야 했다. 그러고 나서 서류들을 꺼냈다. 제본된 서류, 묶인 서류, 낱장의 서류들이었다. 역시 조심스럽게 행주로 앞뒷면을 모두 닦아 주었다. 마지막으로 파블로가 받아왔던 검은 파일을 들고 그 안에 있던 것들을 모두 꺼냈다. 천천히 매 순간 놀이를 하듯 서류들을 한 장 한 장 닦았다. 아무 흔적도 남아 있지 않다고 확신하고 나서 역시 행주를 이용해서 그것들을 금고 안에 넣었다. 이제 완벽했다. 서류들과 지폐 다발과 권총 모두 들어 있었다. 금고를 잠그고 다시 행주로 닦았다. 거울도 마찬가지로 닦았다. 거기에서 그의 흔적이 나오면 안 될 것이다. 그의 흔적도, 그 누구의 흔적도.

시계를 보았다. 빨리 시간이 쏜살같이 지나가서 다음날 일요일 아침이 되기만을 바랐다. 왜냐하면 그 시간이 되면 돌아가는 기차에 있을 것이기 때문이다. 새벽에 일어나야 했지만 괜찮았다. 다시 긴박한 긴장감이 몰려왔다. 밤새 눈을 붙일 수 없었다. 너무나도 많은 가능성이 앞에 놓여 있었다.

소파에 누웠다. TV를 켰다. 스포츠 채널을 선택했다. 음을 소거했다. 휴대폰을 들고 베티나를 찾았다. 통화하려면 빨간색 키를 누르기만 하면 되었다. 그렇게 하지 않았다. 와츠앱에서 그녀를 찾아서 최근 나누었던 대화를 다시 읽었다. 전화를 걸어서 그녀와 이야기를 할 수 없고 지금까지 해 왔던 것처럼 메시지를 주고받을 수 없다는 사실로 마음이 아팠다. 참을 수 있을까?

저녁을 먹지 않았다. 배가 고프지 않았다. 점심도 먹지 않았다는 사실이 생각났다. 배고프지 않았다. 낯설게 혼자라는 느낌이었다. 전에는 결코 경험해 보지 않은 외로움이었다. 라이트너르 브룅 학교에 와서 처음 며칠 동안 친구도 없이 새로 친구를 사귀어야 했던 때, 가족과 집과 자라난 환경을 그리워했던 때 느꼈던 외로움과 달랐다. 지금 느끼는 외로움은 어린아이 같은 느낌이었다. 지구 종말 뒤 남은 단 한 명의 생존자가 된 느낌이었다. 그리고 더 나빴던 것은 스스로가 그 종말을 자초한 것 같았다.

다른 일들을 생각해 보려고 했다. 하지만 모든 것은 베티나로 통했다. 베티나가 그의 정신을 완벽하게 사로잡았다. 형의 TV는 인터넷에 연결되어 있었다. 좋은 생각이 났다. 영화 앱을 선택해서 '고전'을 찾아 '프랑켄슈타인'이라는 이름을 클릭했다. 프랑켄슈타인에 관계된 영화가 열 편이 넘게 나왔다. 그중에서 『프랑켄슈타인』을 찾았다. 몇몇 자료를 읽었다. 1931년 작품이었고 감독은 제임스 웨일이었다. 괴물 역을 맡은 배우는 보리스 칼로프였다. 형은 인터넷으로 영화와 디스크를 사는 계정이 있었다. 비밀번호를 알았다. 영화를 봤다.

잠시 영화를 보았다. 아니 장면들을 보았다는 말이 맞았다. 괴물이 나오는 장면에만 집중하려고 많은 장면을 건너뛰었다. 오래된 흑백 영화가 너무 좋았다. 특별한 효과를 단순하게 표현

한 점도 좋았다. 현대에 만들어진 그 어떤 영화도 이 작품을 능가하지 못하리라 생각했다.

괴물과 소녀가 호수에 꽃을 던지는 장면이 감동적이었다. 앞으로 돌려서 그 장면을 다시 보았다.

"아무도 우리의 행동을 이해하지 못할 거야." 소녀가 눈에 눈물이 고인 채 괴물에게 말했다.

전날 밤에 잠을 거의 못 잤기 때문에 의외로 빨리 잠이 들었다. 휴대폰의 알람이 울렸을 때 기차역에 늦을까 봐 소파에서 벌떡 일어났다. 시각을 보고서 진정했다. 모든 것이 계획대로 흘러갔다. 하지만 형이나 아버지, 가족의 계획이 아니라 자신의 계획대로였다. 앞으로 해야 할 일을 머릿속에서 다시 정리했다. 아무것도 잊어버리지 않아야 했다. 빈 배낭을 들었다. 소파 위 쿠션들을 정리했다. 거울을 바라보았다. 모든 것이 제대로 되어 있었다. 불을 껐다. 나가기 전에 택시회사에 전화를 걸었다.

"5분 안에 도착할 거예요." 여성의 목소리가 알려 주었다.

돌아오는 기차 안에서 다음 날 일어날 일을 생각했다. 스위스 경찰이 형 집의 수색 영장을 받았을 것이다. 모든 것을 샅샅이 훑어볼 수 있는 영장일 것이다. 모든 가구와 모든 서랍을 열어 볼 것이며 가구 밑과 침대 밑, 부엌, 욕실까지 수색할 것이다. 금고가 숨겨져 있을 가능성도 배제하지 않을 것이기에 금고를 찾기 시작할 것이다. 커튼 뒤, 그림 뒤를 찾아보다 어떤 경찰관이 '여기, 거울 뒤'라고 소리칠 것이다. 그러면 금고를 열기 위해서 전문가를 부를 것이다. 지폐 다발과 서류와 권총을 발견하고는 경찰관들의 얼굴에 만족함이 넘칠 것이다. 스페인 경찰은 초조하게 소식을 기다릴 것이다.

그러고 나서 자기 자신을 바라보려고 애를 써 보았다. 무엇이 보이나? 취리히에서 제네바로 가는 아침 첫 열차를 탄 외로운 청소년. 그는 의로운 영웅처럼 느껴지기도 하고 비열한 인간처럼 느껴지기도 했다. 그 어떤 것도 되고 싶지 않았다. 왜 단순히 파블로, 아직 열여덟 살이 되지 않은 청소년 파블로가 될 수 없을까? 왜 그는 아무런 의심 없이, 모순 없이, 후회 없이, 두려움 없이 살 수 없었을까? 다른 청소년 대부분은 그렇게 살지 않을까? 왜 그들처럼 살 수 없을까? 무슨 일이 일어나든 그의 삶은 전과 같지는 않을 것이다. 무엇보다 그는 천국에서 등을 돌렸다. 그의 결정은 영원토록 흔적을 남길 것이다. 어떻게 봉합한다 해도 메워지지 않을 큰 균열을 불러올 결정이었다.

취리히와 제네바 사이를 오가는 기차 안에 있는 외로운 청소년. 자기 나라와 자기 집에서 멀리 떨어졌고 과거의 그의 삶에서 멀리 떨어졌고 자기 자신에게서도 멀리 떨어졌다. 혼자다. 베티나에게 해 주었던 이야기에 나오는 아이를 생각했다. 혼자. 절벽 위의 등대가 기차로 바뀌었다. 그리고 혼자서 그의 인생에서 가장 중요한 결정을 내렸다. 혼자 자유롭게. 이제 돌아간다.

외로움이 그의 행동의 결과일까?

눈물이 났다. 서둘러 일어나서 화장실로 갔다. 여러 번 얼굴을 씻었다. 종이 수건으로 닦았다. 거울을 바라보았다. 그러나 얼굴 대신에 지폐 다발 세 개와 서류와 권총 한 자루가 보였다. 종이 수건으로 얼굴을 덮었다. 다시 종이를 치우자 거울에 부드럽게 활짝 웃는 프랑켄슈타인의 괴물이 보였다. 하지만 호숫가에서 이미 세상을 떠난 소녀에게 웃는 것이 아니었다. 그에게 웃었다.

"네가 옳았어." 괴물이 파블로에게 말했다. "너도 나도 괴물이 아니야. 비록 우리의 삶은 비극이지만."

제네바에 도착하기 직전 휴대폰을 꺼내어 엄마의 번호를 찾았다. 전화를 걸지 못하고 바라보았다. 언제나 파블로가 가장 중요하다고 했던 엄마 말이 생각났다. 그렇지만 그 순간 가장 중요한 건 엄마라고 생각했다. 엄마만이 그를 이해해 줄 유일한 사람이었다. 왜냐하면 엄마 역시 비슷한 긴장 속에서 저항하지 못하고 혼자 갇혀서 살아왔기 때문이었다. 엄마에게 전화를 걸었다.

"잘 있니, 파블로?"

"엄마와 형이 했던 말을 그대로 할게요. 스스로 찾아보세요."

오랜 시간 침묵이 이어졌다.

"이건 미친 짓이야!" 엄마가 소리쳤다.

"이제 시작일 뿐이에요."

"우리는 예전으로 돌아가야 해."

"정말로 예전으로 돌아가고 싶으세요?" 파블로는 엄마의 말에 놀랐다.

"그건 단순한 소원 이상이야, 파블로. 나를 봐도 내 자신인지 알아볼 수가 없단다."

"꼬맹이한테도 똑같은 일이 일어나고 있어요."

"이제 너는 다 컸어."

두 사람은 대화를 나누기가 어려웠다. 때때로 침묵이 무척 길게 이어졌고 침묵을 깨는 것은 어려웠다.

정오가 되어서 학교로 돌아왔다. 다른 일요일처럼 학생 대부분은 밖으로 나갔다. 복도를 지나면서 친구 두세 명만 마주쳤을 뿐이다. 그들은 걸음을 멈추지 않고 작은 소리로 인사만 건넸다. 그는 대답하지 않았다. 방으로 들어가서 방 안에 있는 모든 물건을 바라보았다. 마치 처음 보는 것 같았다. 열쇠로 문을 잠갔다. 고독한 사람이 되었고 이제 그 상황을 기념해야 했다. 혼자. 아마 남은 그의 일생 내내 혼자일 것이다.

베티나를 생각했다. 어디 있을까? 주변에 있을 베티나의 모습을 상상했다. 어떤 친구와 있을 모습을, 스테판과 있을 모습을 상상했다. 이미 스테판에게 마음을 열고 있었다. 둘이 손을 잡은 모습을 상상했다. 마음이 무척 아팠지만 스테판은 훌륭한 친구였다.

레만호를 헤엄쳐 건넜거나 몽블랑산을 오른 것처럼 무척 피곤했다. 침대에 누우면 너무 졸리고 지쳐서 잠이 들 것이다. 잠 못 들던 모든 유령이 몰려올 것이다. 창밖을 바라보았다. 아름다운 오후였다. 그의 인생은 먹구름으로 뒤덮였는데 왜 이때 하늘은 이토록 찬란할까. 고개를 돌렸다. 침대를 보았다.

월요일에 식당에 들어가는 길에 베티나와 마주쳤다. 베티나를 보자 걸음을 멈췄다. 그녀는 아무 말도 하지 않고 고개조차 돌리지 않은 채 앞을 지나갔다. 얼굴을 보았다. 여위어 보였고 진지해 보였고 무척 슬퍼 보였다. 붉게 충혈이 된 눈에는 언제나 베티나가 지녔던 반짝이는 삶의 빛이 사라지고 없었다. 폭풍우가 몰아칠 때의 구름처럼 다크서클이 자리 잡아 얼굴이 더 창백해 보였다. 입술도 핏기가 없었고 긴 머리카락도 그저 헝클어져 보이기만 했다. 스테판이 옆을 지나갔다. 스테판은 멈춰 섰다.

"안녕, 파블로."

"안녕, 스테판."

"어때?"

파블로는 스테판의 인사가 그저 지나가는 인사가 아니라는 사실을 깨달았다. 그에게 관심을 보였다. 아직도 헤어질 결심인지 어떤지 알고 싶어 했다.

"사실은 괜찮은 것 같아." 스테판에게 대답했다.

스테판은 대답의 뜻을 이해하지 못했다. 이미 자리에 앉은 베티나를 바라보았다.

"안 좋아 보이네. 나는 그저 도와주고 싶을 뿐이야."

"알아."

둘은 마지못해 웃어 보였다.

오전 수업 모두 참석했지만 선생님들의 설명에 전혀 집중할 수 없었다. 단 한 가지 '미래'만 생각하려고 아무리 노력해도 그의 정신은 이리저리 날뛰었다. 가족은 어떻게 될까, 특히 아버지가 어떻게 될까 상상했다. 그는 어떻게 될까? 학교를 졸업하게 되겠지. 그리고 그다음은? 마드리드로 돌아가야 할까? 아무리 일이 잘 풀린다 해도 형은 절대로 그를 용서하지 않을 것이다. 최악의 경우는 상상조차 하고 싶지 않았다. 어머니는 전처럼 돌아가고 싶다고 했다. 하지만 그 말이 뜻하는 것이 무엇이었을까? 그리고 다른 사람들은?

수많은 친구의 시선과 수군거림을 견디며 고개를 푹 숙이고 혼자 식사했다. 다른 날과 다름없는 모든 웃음소리가 자신 때문이라고 생각했다. 하지만 스페인에서 들려오는 아버지와 가족에 대한 뉴스 때문이 아니라 베티나와 나의 관계가 깨진 것 때문이라고 생각했다. 틀림없이 이제 여러 가지 말이 돌아다닐 것이다. 하지만 그들이 실제로 무엇을 알까? 현실은 비록 가장 분명해 보일지라도 인간이 처한 가장 복잡한 상황이라는 사실을 배웠다.

오후 수업이 하나 더 있었다. 그리고 언제나처럼 자습 시간이 있었다. 파블로의 행동은 변하지 않았다. 그는 눈으로 책장을 보거나 태블릿 화면을 보았다. 그러나 의심의 무게에 짓눌려 결정적으로 길을 잘못 들었다는 생각에 멍하게 정신을 차릴 수 없었다.

저녁 식사 시간에 식당은 점심때보다 훨씬 더 소란스러웠다. 아마 그 무렵에는 모든 학교 일과가 끝나서 학생들이 편안한 마음으로 특별히 하루를 즐기는 것 같았다.

서슴없이 확고하고 단호하게 파블로는 조금 늦게 식당으로 들어갔다. 거의 모든 식탁이 꽉 차 있었다. 요리와 대화와 농담이 오갔다. 눈으로 베티나를 찾았다. 구석 자리에 스테판과 함께 있었다. 흔들림 없이 그쪽으로 걸어갔다. 식탁 앞에 멈춰서 뚫어지게 베티나를 바라보았다. 처음에 베티나는 시선을 피하고 무시하려고 했다. 가만히 식사하려고 했다. 그러나 곧 파블로의 눈길에 사로잡히고 말았다. 두 시선이 녹아들어서 빛과 어둠으로 가득 찬 빛을 뿜어냈다. 싸우는 것 같은, 아니면 단순히 결합하려고 하는 듯 서로 엮인 빛과 어둠이었다.

"받아들일게." 파블로가 곧바로 말했다.

"뭘?" 베티나는 아무것도 이해할 수 없었다.

"초대를 받아들일게."

"무슨 말이야?" 계속 이해할 수 없었다.

"네 부모님이 여름에 로트바일, 너희 집으로 나를 초대하셨잖아. 잊어버렸어?"

"아니, 안 잊어버렸어." 놀라서 말했다.

"강과 호수, 숲과 네가 아는 모든 멋진 곳을 나에게 보여 줬으면 좋겠어. 검은 밀림을 너와 함께 걸어 보고 싶어."

베티나가 침을 삼켰다. 다시 눈에서 눈물이 쏟아지려고 했다. 아직은 그렇게 감상에 빠질 준비가 되어 있지 않았다.

"왜?" 베티나가 물었다.

"나를 도와주었으면 좋겠어."

베티나는 그런 대답을 기대하지 않았다. 일어나서 파블로 앞에 섰다. 그보다 더 큰 사랑의 증거가 있을까?

"왜 전에는 나에게 부탁하지 않았어?"

"전에는…… 할 일이 하나 있었어."

스테판은 눈에 띄게 어쩔 줄 몰라 자리에서 일어났다. 둘만 남겨 놓고 다른 곳으로 가고 싶었다. 그의 존재가 필요 없다는 것을 잘 알았다. 하지만 스테판만 이 두 사람에게 매달려 있던 건 아니었다. 식당의 소란스러움이 사라졌고 많은 학생이 호기심에 가득 차서 그들을 관찰했다.

"나는……." 스테판이 더듬더듬 말했다. "그래, 나는 다른 식탁으로 갈게……. 그게 낫겠어."

파블로가 단호하게 스테판을 돌아보았다.

"너도 여기 있어. 너는 우리 친구야."

스테판이 어깨를 으쓱해 보이고 다시 자리에 앉았다.

"언제나 너를 도울 거야." 베티나가 말했다. "내가 그럴 거라는 사실을 의심했었어?"

"그러면……." 파블로가 긴장이 풀리는 것을 느꼈다. 다른 긴장이 시작되었다. 아니면 자기 자신을 느끼기 시작했는지도 모른다. "받아 줄 거야?"

"받아 줄게."

베티나는 다시 침을 삼켰다. 파블로도 베티나를 따라 했다. 둘은 웃었다. 그리고 똑같은 용수철이 밀어 버린 듯 둘은 강하게 끌어안았다. 식당이 떠나갈 듯 박수 소리로 폭발했다. 스테판이 그 즉흥 오케스트라의 지휘자인 듯 일어났다.

그리고 처음으로 셋이 함께 저녁 식사를 했다.

식사를 마치고 나서 파블로와 베티나는 학교 정원을 산책하러 나왔다. 상처를 진정시켜야 했다. 어떤 상처들은 오랜 시간 남아 있겠지만 말이다. 아직 낮이었지만 이미 맑게 갠 하늘에 달이 떠 있었다. 파란 하늘은 밤을 맞이하려 어두운 회색빛으로 변해 간다.

"이유가 더 있어." 갑자기 파블로가 말했다.

"무슨 이유?" 베티나가 물었다.

"네 부모님의 초대를 받아들인 이유를 말이야."

"뭔데?"

"첫 번째는 내가 너를 사랑한다는 것이고, 그래서 항상 네 옆에 있고 싶은 거야."

"그걸 첫 번째 자리에 놓아 주다니 정말 기뻐." 베티나가 미소 지었다.

"두 번째는 천국은 유령들이 들끓는 늪지 위에 세워질 수가 없기 때문이야."

"좀 더 설명해 줘."

"알았어. 그런데 쉽지 않을 것 같아."

파블로는 베티나에게 키스했다. 정말 좋았다. 특히 주말 내내 긴장 속에 지내고 난 뒤라 더 좋았다. 영원히 베티나를 잃을 거라는 생각까지 했던 터였다.

"너를 사랑해."

"세 번째 이유도 있어?" 파블로가 이야기했던 이유에 관한 생각을 멈출 수 없던 베티나가 물었다.

"응."

"뭔데?"

"우리 형이 나를 죽이지 못하게 하려고."

그 순간 주머니에 있던 휴대폰이 울렸다. 휴대폰을 꺼냈다. 화면이 밝아지면서 전화를 건 사람의 이름이 보였다. 이반이었다. 베티나에게 보여 주었다.

"오후 내내 나에게 전화를 걸어."

"그런데 왜 안 받아?"

"무슨 말을 하려는지 아니까."

파블로는 2초 정도 휴대폰의 화면을 눌렀다. 화면에 하나의 선택이 나타났다. '전원 끄기'. 집게손가락을 그 위에 올렸다. 클릭하자 화면이 검은색으로 꺼졌다.

순간 마법과 같은 고요가 몰려왔다. 온 세상이 그를 지지해 준다는 증거로 침묵에 잠겼다는 느낌이 몰려왔다. 나뭇가지 사이로 불어오던 세찬 바람 소리도 멈췄다. 자동차 엔진 소리도 멀어졌다. 새들도 모두 입을 다물었다. 학교 요리사도 노래 부르기를 멈췄다⋯⋯. 두 사람은 뚫어지게 상대를 바라보았다. 두 사람은 눈으로 이야기하는 법을 배웠다. 파블로가 휴대폰을 껐을 때 그의 삶의 한 부분 역시 꺼졌다는 느낌이었다. 그런데도 어머니가 방금 보낸 메시지는 눈에 들어왔다.

끝없는 고통이 나를 괴롭히지만 그래도 네가 무척이나 자랑스럽다는 말을 안 할 수 없구나. 그래, 파블로. 이제 우리는 예전의 우리가 될 거야. 그리고 절대로 잊지 마. 언제나 너는 나에게 가장 중요한 사람이고, 언제나 두 팔 벌려서 너를 기다린다는 것을.

안녕 청소년 문학 02

천국의 유령들

초판 1쇄 인쇄 2024년 10월 11일
초판 1쇄 발행 2024년 10월 31일

지은이 알프레도 고메스 세르다
옮긴이 김정하
펴낸이 나힘찬

기획총괄 이청원
디자인총괄 손현주
표지그림 HESU PARK 박혜수
인쇄총괄 야진북스
유통총괄 북패스

펴낸 곳 풀빛미디어
등록 1998년 1월 12일 제2021-000055호
주소 (10411) 경기도 고양시 일산동구 정발산로 166번길 21-9
전화 031-903-0210
팩스 02-6455-2026
이메일 sightman@naver.com

엑스 @pulbit_media
유튜브 bit.ly/39lmTLT
페이스북 @pulbitmedia
블로그 blog.naver.com/pulbitme
인스타그램 @pulbit_media_books

ISBN 978-89-6734-202-9 44800